FOLIO POLICIER

Sébastien Japrisot

Compartiment tueurs

UN ROMAN PRÉSENTÉ
PAR PAUL COLIZE

Denoël

À dix-huit ans, Sébastien Japrisot publie sous son vrai nom (Jean-Baptiste Rossi) son premier roman, *Les mal partis*. Après une période où il écrit directement pour le cinéma (*Le passager de la pluie*), il revient à la littérature avec *L'été meurtrier* (prix des Deux-Magots 1978). Il est l'auteur de nombreux romans qui ont tous connu le succès dont *Un long dimanche de fiançailles*, prix Interallié, adapté au cinéma en 2004 par Jean-Pierre Jeunet.

Sébastien Japrisot, disparu en mars 2003, est l'un des auteurs français les plus populaires à l'étranger.

PRÉSENTATION

1991.

C'était la fin de l'été.

Je m'en souviens comme si c'était hier. J'étais assis sous le pommier, dans le fond du jardin. La gorge nouée, le regard embrumé, j'ai refermé avec une lenteur hypnotique *Un long dimanche de fiançailles*[1], sonné par ce qui reste l'une de mes plus belles claques littéraires.

Je m'étais attaché à Mathilde, à Manech, j'avais pris part à cette longue traque, partagé les doutes et les espoirs de l'héroïne. La dernière page tournée, je me sentais orphelin. Il me restait des images fortes, des émotions contradictoires et un goût amer dans la bouche. Le *happy-end* dramatique qui clôture le roman m'avait bouleversé et m'a encore hanté durant plusieurs semaines.

Plus tard, j'ai appris que Sébastien Japrisot

1. Folio n° 2491.

préparait cette histoire depuis de nombreuses années, qu'il l'avait laissée mûrir et mis quatre ans pour l'écrire.

Un long dimanche de fiançailles est un roman hors normes, une œuvre magistrale écrite par un auteur au sommet de son art.

J'ai alors décidé de lire ou de relire son œuvre, entre autres le remarquable *Été meurtrier*[1], que j'avais avalé d'une traite lors de sa sortie, ou *Piège pour Cendrillon*[2], qui se révèle avant tout un redoutable piège pour le lecteur et un superbe exercice de style.

De roman en roman, j'ai remonté le temps pour en arriver à son premier polar, *Compartiment tueurs*, écrit en 1962 et porté à l'écran par Costa-Gavras deux ans plus tard.

Dès cet opus, on retrouve ce qui distinguera l'œuvre de Sébastien Japrisot ; une intrigue complexe, des indices anodins laissés çà et là, la recherche du mot juste et un style reconnaissable entre tous.

La galerie de personnages qui traverse le roman permet d'apprécier son talent de portraitiste hors pair. En quelques lignes, quelques mots, chacun prend vie, s'anime, revêt ses caractéristiques propres, adopte sa manière de parler et d'agir.

1. Folio Policier n° 20.
2. Folio Policier n° 73.

Plus que tout, on y retrouve le thème de prédilection de l'auteur, le leitmotiv qui se déclinera dans chacune de ses créations, le fil conducteur de sa bibliographie, sinon de sa vie : la femme.

Courageuse, fragile, obstinée, espiègle, rusée, libertine ou sensuelle, la femme campe bien souvent le personnage central de ses romans ou y tient un rôle clé dans la résolution de l'énigme. L'omniprésence des femmes semble à ce point obsédante qu'il en a fait le titre de l'un de ses romans, *La passion des femmes*[1].

Lors de certaines interviews, il arrive que l'on me demande quels sont les auteurs de polars qui m'ont inspiré, ceux qui m'ont incité à me lancer dans l'écriture.

Je réponds qu'il y en a essentiellement deux : les grands auteurs américains de l'après-guerre et Sébastien Japrisot.

Ce n'est pas un hasard si mon dernier roman s'intitule *Un long moment de silence*[2], un clin d'œil que je lui adresse pour le remercier et lui rendre un hommage posthume.

PAUL COLIZE 2014

1. Folio n° 1950.
2. Folio Policier n° 728.

Paul Colize est né en 1953 et vit près de Bruxelles. Il a reçu le prix Saint-Maur en poche-Polar 2013 pour *Back up* (Folio Policier n° 684), le prix Landerneau-Polar 2013 et le prix du Boulevard de l'Imaginaire 2013 pour *Un long moment de silence*.

C'est comme ça que ça commence

Le train venait de Marseille.

Pour l'homme qui était chargé de suivre les couloirs et de jeter un coup d'œil sur les compartiments vides, c'était « le Phocéen de moins dix — après, on casse la croûte ». Il y avait eu d'abord « l'Annecy de moins vingt-cinq », dans lequel il trouva deux manteaux, un parapluie et une fuite de chauffage. Il vit s'arrêter le Phocéen de l'autre côté du même quai, alors qu'il était penché derrière une vitre sur un écrou de manette fendu en deux.

C'était un samedi très clair et très froid du début d'octobre. Les voyageurs qui rentraient du Midi, où l'on se baignait encore sur les plages, étaient surpris par la buée qui enveloppait leurs phrases de retrouvailles.

L'homme qui suivait les couloirs avait quarante-trois ans, se nommait Pierre, Bébé pour les copains, affichait des idées d'extrême gauche, pensait à une grève qui devait éclater la semaine suivante, et les choses étant ce qu'elles sont à 7 h 53, en gare de Lyon, un samedi matin un peu froid, il avait faim et envie d'un bon café.

Comme on ne devait pas enlever les wagons du quai avant une bonne demi-heure, il décida, en descendant de l'Annecy, d'aller prendre le café avant de « s'envoyer » le Phocéen. À 7 h 56, il était dans un bureau en réfection, au bout de la voie M, une tasse jaune à liséré rouge fumant dans sa main, sa casquette bleue en arrière, à discuter avec un contrôleur myope et un manœuvre nord-africain, de l'efficacité d'une grève déclenchée un mardi, un jour où personne, mais personne ne prend le train.

Il parlait lentement, tranquillement, et prétendait, lui, qu'un débrayage c'est comme la publicité, ce qui compte c'est d'en mettre un coup dans l'imagination du bourgeois. Les trois autres dirent que bien sûr, il avait raison. On lui donnait facilement raison. Il était grand, lourd, avec des gestes lourds, une voix lourde, de grands yeux tranquilles qui le rajeunissaient. Il avait la réputation d'un type qui n'avale pas ses dents quand on lui tape sur l'épaule par-derrière, un type calme.

À 8 h 05, il suivait les couloirs du Phocéen, faisait glisser des portes vitrées, les refermait.

Dans la voiture 4, seconde classe, au troisième compartiment en commençant par l'arrière, il découvrit un foulard imprimé jaune et noir oublié sur une couchette. Il le déplia pour le regarder, vit un dessin qui représentait la baie de Nice, se rappela Nice, la Promenade des Anglais, le *Casino*, un petit café du quartier Saint-Roch. Il était allé à Nice deux fois : à douze ans en colonie de vacances, à vingt en voyage de noces.

Nice.

Dans le compartiment suivant, il trouva le cadavre.

Bien qu'il s'endormît régulièrement avant le film au cinéma, il sut tout de suite que c'était un cadavre. La femme était allongée en travers de la couchette inférieure droite, les jambes bizarrement pliées par-dessus le bord, les pieds invisibles sous la banquette, un éclat de jour dans ses yeux ouverts. Ses vêtements, un tailleur sombre et un chemisier blanc, étaient en désordre, mais pas davantage, lui sembla-t-il, que ceux d'une voyageuse qui s'était allongée tout habillée sur une couchette de seconde. Sa main gauche était agrippée, jointures aiguës, au bord de la banquette. Sa main droite était restée appuyée à plat sur le mince matelas, et le corps tout entier semblait statufié dans un effort pour se redresser. La jupe du tailleur était relevée en trois plis sur le haut des jambes. Un escarpin noir au talon très fin gisait sur la couverture grise de la S.N.C.F., roulée en boule au pied de la couchette.

L'homme qui suivait les couloirs dit un gros mot et resta douze secondes à regarder le cadavre. La treizième seconde, il regarda le store baissé sur la vitre du compartiment. La quatorzième seconde, il regarda sa montre.

Il était 8 h 20. Il répéta le gros mot, se demanda vaguement qui il devait prévenir, et, à tout hasard, chercha sa clef dans sa poche pour boucler les lieux.

Cinquante minutes plus tard, alors que le store était relevé et que le soleil s'était déplacé vers les genoux de la femme étendue, les flashes du photographe de l'Identité Judiciaire crépitaient dans le compartiment.

La femme était brune, jeune, plutôt grande, plutôt mince, plutôt jolie. Un peu au-dessous de l'échancrure de son chemisier, elle portait au cou deux traces de strangulation, la plus basse faite de petites marques rondes alignées bout à bout, la plus haute, la plus profonde aussi, plate et bordée d'un renflement noirâtre. D'un index paisible, le médecin remarqua et fit remarquer une chose : ce n'était pas seulement que la peau était violacée, mais le noir s'en allait, comme si l'on s'était servi d'une ceinture sale.

Les trois hommes en pardessus, qui l'entouraient, bougèrent pour voir. Des perles écrasées craquèrent à nouveau sur le plancher du compartiment. Il y en avait partout, répandues en minuscules taches de soleil sur le drap où la femme était renversée, sur la couchette voisine, par terre, et même à un mètre du sol, sur le rebord de la fenêtre. Plus tard, on en retrouva dans la poche droite du tailleur sombre. C'étaient des perles brillantes, sans valeur, d'un collier de Prisunic.

Le médecin dit qu'à première vue, l'assassin s'était d'abord tenu derrière sa victime, lui avait passé un bâillon plat autour du cou, l'avait étranglée en tirant également sur le collier qui avait cédé. La nuque ne portait pas d'ecchymose, les vertèbres cervicales n'étaient pas brisées. Par contre, la strangulation avait écrasé fortement la pomme d'Adam et les muscles latéraux.

Elle s'était peu défendue et mal. Ses ongles étaient faits, et le vernis n'était écaillé que sur un doigt, le médius de la main droite. L'assassin, soit volontairement, soit entraîné par la lutte, l'avait ensuite renversée sur la couchette. Il avait achevé de l'étrangler par un étirement de son bâillon de chaque côté du cou. Autant qu'on pouvait en juger, il avait fallu à la victime deux ou trois minutes pour mourir. La mort remontait à moins de deux heures, approximativement à l'arrivée du train en gare.

L'un des hommes dans le compartiment, assis

sur le bord de la couchette inférieure gauche, les mains dans les poches de son pardessus, son chapeau un peu de travers sur le crâne, posa une question du bout des lèvres. Par acquit de conscience, le médecin releva délicatement la nuque de la victime, en s'asseyant de biais à côté d'elle, et dit qu'évidemment, il était encore un peu tôt pour répondre, mais qu'à son avis, placé comme il avait pu l'être, l'assassin n'avait pas besoin d'être beaucoup plus grand ni beaucoup plus fort que sa victime, une femme comme un homme pouvait avoir fait ça. Les femmes n'étranglent pas, voilà tout.

Bon. Il verrait le cadavre en fin de matinée à l'Institut. Il prit sa serviette, souhaita bonne chance à l'homme qui était assis et s'en alla. Il referma la porte du compartiment en partant.

L'homme qui était assis sortit la main droite de sa poche, une cigarette coincée entre deux doigts. L'un de ses compagnons lui donna du feu, puis les mains dans les poches de son pardessus, lui aussi, alla coller son front contre la vitre.

Sur le quai, juste au-dessous de la fenêtre, les gens de l'Identité Judiciaire, qui attendaient qu'on leur livre le compartiment, fumaient en silence. Plus loin, un groupe d'agents, d'employés un peu badauds et de laveurs de vitres discutait ferme. Un brancard de toile métis, aux poignées de bois patiné, était appuyé contre le wagon, à côté de la portière avant.

L'homme qui regardait par la vitre sortit un mouchoir de sa poche de pardessus, se moucha, annonça qu'il couvait la grippe.

L'homme au chapeau, assis derrière lui, répondit que c'était bien dommage, mais que sa grippe attendrait un peu, il fallait que quelqu'un s'occupe de ça. Il l'appela Grazzi, et dit que c'était lui, Grazzi, qui allait s'occuper de ça. Il se leva, enleva son chapeau, prit un mouchoir à l'intérieur, se moucha bruyamment, déclara que lui aussi, bon Dieu, il avait la grippe, remit le mouchoir dans le chapeau, le chapeau sur sa tête, et dit de sa voix du bout des lèvres, assourdie par le rhume, que tant qu'à faire, il ferait bien, lui, Grazzi, de commencer tout de suite. Sac. Vêtements. Valise. Primo, qui est la nana. Secondo, d'où elle vient, où elle habite, qui elle connaît, et le toutim. Tertio, la liste de réservation du compartiment. Rapport le soir, 7 heures. Un peu moins de connerie que d'habitude, ça ne ferait pas de mal. L'instruction, c'était cette peau de vache de Frégard. À bon entendeur, salut. Le truc, c'est envelopper. Tu comprends ? Envelopper.

Il sortit une main de sa poche pour faire un rond de bras. Il regardait fixement l'homme près de la vitre, qui ne se tournait pas.

Il dit bon, qu'il devait voir Trucmuche, pour cette histoire de machines à sous, qu'il se tirait.

Le troisième homme, qui ramassait les perles répandues sur le plancher, leva les yeux et demanda, patron, ce qu'il avait à faire, lui. Il y eut un gros rire, puis la voix assourdie par le rhume dit pauvre nouille, qu'il n'avait qu'à enfiler ce qu'il tenait. Qu'est-ce qu'il pouvait faire d'autre ?

L'homme au chapeau se retourna vers celui qui regardait toujours par la vitre, un homme maigre, très grand, au pardessus bleu marine élimé aux manches, aux cheveux d'un brun terne, aux épaules voûtées par trente-cinq ou quarante ans de soumission quotidienne. Devant son visage, il y avait de la buée sur la vitre. Il ne devait pas voir grand-chose.

L'homme au chapeau dit qu'il n'oublie pas, lui, Grazzi, de jeter un coup d'œil sur les autres compartiments, on ne sait jamais et même quand on trouve que dalle, ça fait du poids dans le rapport. Faut envelopper.

Il voulut ajouter autre chose, mais il haussa les épaules, dit à nouveau bon Dieu, qu'il en tenait une carabinée, toi, l'enfileur de perles, je te trouve au Quai vers midi, ciao, et il s'en alla sans refermer la porte.

L'homme debout devant la vitre se retourna, visage blafard, yeux bleus, regard tranquille, et dit à l'autre, penché sur la couchette où la femme tendait un dos mort, des muscles morts, qu'il y avait vraiment des coups de pied quelque part qui se perdaient.

Un petit carnet à reliure spirale, aux feuilles quadrillées, à la couverture rouge maculée de traces de doigts. Il avait coûté cent francs dans une papeterie de Bagneux, dont le patron buvait et battait sa femme.

Celui que ses collègues appelaient Grazzi l'ouvrit dans un bureau du premier étage de la gare, pour y noter les premières constatations. Il était près de onze heures. La voiture 4 du Phocéen avait suivi le reste du train sur une voie de garage. Trois hommes gantés, armés de sacs de cellophane, le passaient au crible.

Le Phocéen avait quitté Marseille le vendredi 4 octobre à 22 h 30. Il avait fait un arrêt normal aux gares d'Avignon, Valence, Lyon et Dijon.

Les six couchettes du compartiment où l'on avait trouvé la victime étaient numérotées de 221 à 226, en partant du bas, numéros impairs à gauche en entrant, pairs à droite. Cinq étaient louées au départ de Marseille. Une seule, la 223, était libre jusqu'à Avignon.

La victime gisait sur la couchette 222. Le billet de location retrouvé dans son sac à main indiquait qu'elle était montée dans le train à Marseille et que, sauf échange de place avec un autre voyageur, elle avait occupé durant la nuit la couchette 224.

Un seul contrôle des voitures de seconde classe avait eu lieu durant le voyage : après l'arrêt d'Avignon, entre onze heures trente et minuit trente. Les deux employés qui avaient effectué ce contrôle ne purent être joints par téléphone qu'en début d'après-midi. Ils avaient noté qu'aucun voyageur n'avait manqué son train, mais ils ne gardaient, à leur grand regret, aucun souvenir des occupants du compartiment.

Quai des Orfèvres, 11 h 35.

Les vêtements, les sous-vêtements, le sac à main, la valise, les chaussures, l'alliance de la victime attendaient sur la table d'un inspecteur qui n'était d'ailleurs pas le bon. Un double dactylographié de l'inventaire de Bezard, stagiaire à l'Identité, les accompagnait.

Un clochard qu'on interrogeait à une table voisine fit une plaisanterie sordide sur le sac en papier, déchiré au cours du transport dans les étages, d'où émergeait un flot de nylon blanc. Celui qu'on nommait Grazzi lui dit de la boucler, sur quoi le clochard répondit qu'il fallait s'entendre, quitte à la boucler, il préférait partir, alors l'inspecteur assis en face de lui se crut obligé de lever la main, sur quoi une dame qui avait assisté « du début à la fin » à un accident de la circulation prit le parti des opprimés. Le tout ponctué par la chute des objets que Grazzi laissait tomber en voulant transporter tout à la fois, de la table qu'on avait cru la bonne à sa propre table.

Avant que l'incident fût clos, le même Grazzi connaissait déjà la moitié de ce que pouvait lui apprendre son fardeau cavaleur qui, au fur et à mesure qu'il en faisait l'inventaire, débordait de sa table, glissait de sa chaise, se répandait sur le parquet, gagnait les tables voisines où les collègues pestaient contre cet abruti qui ne pouvait pas faire ses affaires où c'était conçu pour.

L'inventaire dactylographié de l'Identité Judiciaire était accompagné de quelques précisions : une perle retrouvée dans la poche droite du tailleur sombre avait rejoint celles qu'on avait recueillies dans le train et qui seraient examinées ; les empreintes relevées sur le sac à main, la valise, les chaussures et les affaires à l'intérieur du sac ou de la valise, étaient pour la plupart celles de la victime, et les autres, pour être comparées à celles recueillies dans le train, nécessiteraient un examen difficile, car elles n'étaient ni récentes, ni de bonne qualité ; un bouton manquant au corsage avait été retrouvé dans le compartiment et serait examiné avec les perles ; une feuille 21 × 27 retrouvée à l'intérieur du sac, pliée en quatre, portant divers dessins maladroits et obscènes, accompagnés de la légende « Un tiens vaut mieux que deux tu l'auras » était, à n'en pas douter, un rébus de commis voyageur. Il était d'ailleurs faux : à voir l'insistance (quatorze lignes dactylographiées) que Bezard mettait à expliquer pourquoi ça ne collait pas, on pouvait être sûr que ceux d'en haut s'étaient bien amusés et que ce serait, dans la Maison, la scie du jour.

À midi, le rébus avait d'ailleurs franchi les étages, puisque le patron, chapeau sur la tête, derrière son bureau, proposait des solutions à coups de crayon et de gros rires d'enrhumé, à trois inspecteurs rigolards qui lui renvoyaient la balle.

Il y eut un silence quand celui qu'on nommait Grazzi entra dans la pièce, épaules voûtées, en se mouchant.

Le patron releva son chapeau sur la nuque et dit c'est bon les enfants, qu'il avait à causer avec Sherlock Holmes, à voir sa figure ça doit pas aller fort, vous pouvez calter. Il gardait son crayon à la main, la pointe posée sur une feuille couverte de petits dessins, une trace de ses gros rires au coin de la bouche et dans le plissement des yeux. Il continua vaguement de dessiner, regard baissé, tandis que Grazzi, appuyé à un radiateur de chauffage, déchiffrait son petit carnet rouge d'une voix morne.

La victime se nommait Georgette Thomas. Trente ans. Née à Fleurac (Dordogne). Mariée à vingt ans à Jacques Lange. Divorcée quatre ans plus tard. Taille 1,63 m, cheveux bruns, yeux bleus, teint clair, signes particuliers néant. Représentante-démonstratrice des produits de beauté Barlin. Habite 14, rue Duperré. Tournée de démonstratrice à Marseille du mardi 1er octobre au vendredi 4 octobre au soir. Descendue à l'*Hôtel des Messageries*, rue Félix-Pyat. Pris ses repas dans divers établissements de la rue Félix-Pyat et du Centre. Gagnait 922,58 F par mois, charges sociales déduites. Compte en banque à ce jour : 774,50 F. Argent liquide dans son sac : 342,93 F plus un dollar canadien. Le vol ne paraît pas le mobile du meurtre. Un carnet d'adresses à vérifier. Rien de particulièrement bizarre dans ses affaires : un tube d'aspirine vide qu'elle aurait pu jeter, plusieurs photos du même enfant, une lettre vaguement tendre au sujet d'un rendez-vous à remettre, commençant par « ma caille », sans date et non signée, c'est tout.

Le patron dit bon, que c'était simple comme bonjour, faut commencer à faire baver les gens. Il sortit une cigarette tordue de la poche de son veston, la redressa entre ses doigts. Il chercha du feu. Grazzi s'approcha pour lui en donner. En se penchant vers la flamme, le patron dit primo, la rue Duperré, si c'est bien là qu'elle crèche. Il tira sur sa cigarette et toussotta qu'il devrait s'arrêter de fumer. Secundo, les machins Barlin. Tertio, retrouver les parents proches et qu'on aille la reconnaître.

Il regarda la feuille aux dessins posée devant lui et dit, avec un sourire qui revenait de loin, que c'était marrant. Qu'est-ce qu'il en pensait, lui, Grazzi, de ce truc ?

Grazzi n'en pensait rien.

Le patron dit bon et se leva. Il avait rendez-vous pour déjeuner avec son fils, dans un bistrot des Halles. Son fils voulait faire les Beaux-Arts. Vingt berges et rien dans le crâne. La trompette et les Beaux-Arts, c'est tout ce qui l'intéressait. Son fils était un con.

En passant son manteau, il s'arrêta pour tendre l'index et répéter qu'il pouvait le croire, lui, Grazzi, il avait un fils qui était con. Ça n'empêchait pas, malheureusement, les sentiments. Il pouvait le croire, lui, Grazzi, son fils lui déchirait le cœur.

Il dit bon, qu'ils se reverraient dans l'après-midi. Et cette liste de réservation ? Les chemins de fer, ils sont jamais pressés. En tout cas, pas la peine de bourrer le Labo avec une tapée d'examens. Couper le sifflet à une nana, c'était pas le travail d'un pro. Avant qu'il ait dit ouf, lui, Grazzi, un pauvre toquard allait lui tomber tout cuit dans les bras : je l'aimais et tout le toutim. Plus qu'à envelopper pour cette peau de vache de Frégard.

Il fermait son pardessus sur une écharpe de laine à carreaux rouges, sur un gros ventre qu'il portait en avant comme une femme enceinte. Il regardait fixement Grazzi à hauteur de la cravate. Il ne regardait jamais personne en face. On disait qu'il avait un défaut dans les yeux, quelque chose quand il était gosse. Mais comment croire qu'il avait été gosse ?

Dans le couloir, il se retourna vers Grazzi qui entrait dans la salle des inspecteurs, et lui dit qu'il oubliait quelque chose. Cette histoire de machines à sous, on pouvait pas y mettre les doigts, elle recoupait trop de monde. Alors, avant qu'on passe les billes à la D.S.T., inutile d'essuyer les plâtres. Si un « canard » traînait dans la Maison, autant lui refiler la nana qui avait l'air pépère, et la boucler sur le reste. À bon entendeur, salut.

Le premier « canard » qui traînait attrapa Grazzi par la manche à seize heures, alors qu'il revenait de la rue Duperré en compagnie du blond ramasseur de perles. Il avait le sourire sérieux et la mine prospère des appointés de *France-Soir*.

Grazzi lui fit cadeau de l'étranglée de la gare de Lyon avec toutes les réserves d'usage, et, bon prince, sortit de son portefeuille un contretype d'une photo d'identité. Georgette Thomas y était telle qu'on l'avait trouvée, bien maquillée et bien coiffée, très reconnaissable.

Le journaliste siffla, prit des notes, écouta bien, regarda sa montre-bracelet, dit qu'il fonçait à l'Institut médico-légal : Il y « engraissait » un pote, et avec de la veine, il piquerait là-bas la concierge de la rue Duperré qui était allée reconnaître la victime. Il lui restait cinquante minutes pour faire passer son papier dans les dernières éditions.

Il partit si vite que dans le quart d'heure qui suivit tous les autres journaux de Paris étaient alertés par leurs bonnes âmes. Mais pour eux, ça n'avait plus d'intérêt, le lendemain était dimanche.

À 16 h 15, en ouvrant son pardessus, alors qu'il s'apprêtait à prendre le téléphone, pour voir où le mènerait le carnet d'adresses de la victime, Grazzi trouva sur sa table la liste de réservation manuscrite des places 221 à 226 du Phocéen.

Les six voyageurs avaient retenu leurs couchettes vingt-quatre heures ou quarante-huit heures à l'avance.

221	Rivolani	vendredi	4	octobre,	Marseille.
222	Darrès	jeudi	3	octobre,	Marseille.
223	Bombat	jeudi	3	octobre,	Avignon.
224	Thomas	vendredi	4	octobre,	Marseille.
225	Garaudy	jeudi	3	octobre,	Marseille.
226	Cabourg	mercredi	2	octobre,	Marseille.

Service pour service, celui qu'on nommait Grazzi appela l'Institut médico-légal pour demander au journaliste d'insérer la liste dans son papier. À l'autre bout du fil, quelqu'un dit un instant, et Grazzi répondit qu'il ne coupait pas.

Couchette 226

René Cabourg avait le même pardessus à martingale depuis huit ans. La plus grande partie de l'année, il portait des gants de laine tricotée, des tricots à manches longues, une grosse écharpe qui l'engonçait.

Il était frileux, vite grippé, et dès les premiers jours de froid son humeur, qui était naturellement maussade, confinait à la neurasthénie.

Il quittait chaque soir la succursale Paris-Sud des établissements Progine (« Le progrès dans votre cuisine ») un peu après 17 h 30. Bien qu'il eût un arrêt d'autobus en face de son bureau, place d'Alésia, il allait prendre son 38 au terminus de la Porte d'Orléans, pour être sûr d'avoir une place assise. Tout au long du trajet jusqu'à la gare de l'Est, il ne levait pas les yeux de son journal. Il lisait *Le Monde.*

Ce soir-là, qui n'était pas un soir comme les autres, puisqu'il était rentré le matin même du seul voyage qu'il eût fait en dix ans, René

Cabourg connut quelques entorses à ses habitudes. D'abord, il avait oublié ses gants dans un tiroir de sa table, et comme il avait hâte de rentrer chez lui, où il n'avait pas fait le ménage depuis une semaine, il renonça sur le trottoir à remonter les chercher. Ensuite, ce qui ne lui arrivait jamais, il entra dans une brasserie de la Porte d'Orléans et but un demi au comptoir : il n'arrêtait pas d'avoir soif depuis son départ de Marseille, dans un compartiment surchauffé où, parce qu'il y avait des femmes et qu'il n'était pas sûr de la propreté de son pyjama, il avait dormi tout habillé. Enfin, en sortant de la brasserie, il fit trois étalages de journaux du soir sans trouver *Le Monde*. La dernière n'était pas arrivée. Son autobus attendait. Il se rabattit sur *France-Soir*.

Dans le 38, installé à une place du milieu, loin des roues, près de la vitre, il tourna la première page sans la regarder. Les pages intérieures, plus sages, lui gâchaient moins son plaisir. Il n'avait jamais aimé les cris, les rires, les plaisanteries salées. Les gros titres lui faisaient le même effet.

Il se sentait fatigué, avec ce poids entre les yeux qui lui annonçait toujours la grippe. Il avait dormi pourtant, dans le train, sur une couchette supérieure d'où il avait peur de tomber, le nez dans sa veste pliée parce qu'il se méfiait des oreillers de la S.N.C.F. Il avait dormi, mais d'un sommeil où il n'avait cessé d'entendre le roulement du wagon sur les traverses ni de souffrir de la chaleur insupportable. Un sommeil qui avait laissé filtrer tous les appels de haut-parleurs dans les gares et que rongeaient des peurs idiotes : l'accident, la fuite de chauffage, le vol de son portefeuille sous sa tête, Dieu savait quoi.

Il était sorti de la gare de Lyon sans écharpe, le pardessus défait. À Marseille, durant cette longue semaine, c'était presque l'été. Il avait encore dans les yeux l'éblouissement de la Canebière, à trois heures de l'après-midi, un jour qu'il la descendait vers le Vieux Port, face au soleil. Et aussi ce balancement des robes claires sur le bouillonnement des jupons, qui lui faisait toujours un peu mal. Maintenant, il avait la grippe, c'était bien fait.

Il ne savait pas pourquoi, d'ailleurs, c'était bien fait. À cause des filles, peut-être, de sa timidité, de ses trente-huit ans solitaires. À cause de ce regard d'envie, dont il avait honte mais qu'il ne devait pas réprimer toujours, quand il croisait un couple jeune, heureux et doré. À cause de cette sottise, du mal que ça lui faisait.

Il pensait à Marseille, qui avait été un supplice pire que tous les printemps de Paris, et à un soir de Marseille qui remontait à quarante-huit heures. Bêtement, cela lui fit lever les yeux. Déjà, quand il était enfant, il avait ce réflexe de s'assurer que personne n'avait surpris ses pensées. Trente-huit ans.

Deux sièges en avant de lui, dans l'autobus, une jeune femme lisait *Le Monde*. Il tourna les yeux, se rendit compte qu'on était au Châtelet, qu'il n'avait pas vraiment lu une ligne de son journal.

Il se coucherait tôt. Ce soir encore, il dînerait au restaurant, *Chez Charles*, au-dessous de chez lui. Il remettrait le ménage au lendemain. Il avait toute la matinée du dimanche pour ça.

Dans le journal, qu'il ne lisait toujours pas, où il promenait machinalement les yeux de paragraphe en paragraphe, il vit son nom, qui l'arrêta une seconde à peine. Le véritable arrêt se fit deux lignes plus bas, quand son regard passa sur une phrase où il était question de nuit, de couchettes et de train.

Il lut la phrase, qui ne lui dit rien, sinon qu'il s'était passé quelque chose la nuit précédente, dans un compartiment du Phocéen. Il remonta deux lignes plus haut pour comprendre que quelqu'un nommé Cabourg avait occupé une couchette de ce compartiment.

Il dut écarter les bras pour déplier le journal, retrouver la première page où débutait l'article. Son voisin se plaignit et bougea.

Ce fut la photo, avant le titre, qui lui donna le coup au cœur. La femme, malgré le grain du journal, avait cette réalité un peu écœurante des gens qu'on vient de quitter pour toujours, Dieu merci, et qu'on retrouve au premier coin de rue.

À travers le noir et le gris de l'encre, il vit la couleur des yeux, l'épaisseur de la chevelure, l'éclat d'un sourire qui, la veille, au début du voyage, avait décidé de tout, de son espoir imbécile, de l'ignominie de minuit et quart. Une bouffée de parfum lui revint, qu'il avait vaguement détesté, quand la femme avait élevé la voix, tout près de lui, en se retournant d'un mouvement sec des épaules, sec comme celui d'un boxeur qui a vu l'ouverture, un petit battant à l'œil méchant du « Central », le samedi soir, dans les combats du début de programme.

Il y avait comme une boule qui remontait dans sa gorge, qui portait en elle les pulsations de son cœur, au point que de trois doigts, le pouce, l'index et le majeur de la main gauche, il se toucha le cou.

Comme il tournait le regard vers la vitre, instinctivement, pour se voir, il se rendit compte qu'on descendait le boulevard de Strasbourg, qu'on allait arriver.

Il lut le titre au-dessus de la photo, quelques lignes du début de l'article, et replia le journal.

Il restait une dizaine de personnes dans l'autobus. Il descendit le dernier, les feuilles mal pliées dans la main droite.

En traversant la place, devant la gare de l'Est, il retrouvait des odeurs de voyage, des bruits familiers puisqu'il passait là chaque soir, mais qu'il n'avait jamais vraiment remarqués. Un train sifflait derrière les bâtiments illuminés, des machines se mettaient en marche.

On avait retrouvé la femme étranglée sur une couchette, à l'arrivée en gare. Elle avait un nom : Georgette Thomas. Pour lui, elle n'était la veille qu'un « G » doré sur un sac à main, une voix grave, un peu voilée, quelqu'un qui lui avait offert gentiment une cigarette, une Winston, lorsqu'ils avaient échangé quelques mots dans le couloir. Il ne fumait pas.

De l'autre côté de la place, sur le trottoir, il n'y tint plus, déplia le journal debout. Il était loin d'un réverbère, il ne put pas lire. Journal déplié, il poussa la porte vitrée d'une brasserie, faillit reculer sous une grande bouffée de chaleur et de bruits, puis, clignant des yeux, entra. Il traversa la salle, qui était pleine, et trouva une place sur une banquette, près d'un couple qui parlait bas.

Il s'assit sans ôter son pardessus, le journal étalé en travers d'une petite table brillante et rouge, où il dut repousser deux grands verres vides sur des ronds de carton mouillés.

Le couple le regarda. Ils devaient avoir quarante ans l'un et l'autre, lui peut-être davantage, et ils avaient cette mine chiffonnée, un peu triste, de deux êtres dont la vie est faite, chacun de son côté, et qui se retrouvent pour une heure à la sortie du bureau. René Cabourg les trouva laids, même un peu répugnants, parce qu'ils n'étaient plus très jeunes, que le menton de la femme s'empâtait, qu'un mari ou des marmots attendaient sans doute à la maison, parce que tout.

Le garçon vint, débarrassa la petite table. René Cabourg dut soulever son journal. Un coup de chiffon mouillé, dont les traces disparurent sous ses yeux. Il commanda une bière, comme à la Porte d'Orléans, comme le matin quand il était passé chez lui pour déposer sa valise et qu'il était entré au bistrot qui faisait l'angle de sa rue.

Il avait soif, mais il ne vit pas arriver le verre. Plongé dans son journal, il dut avoir une vague conscience qu'il était là, car sans lever les yeux, il tendit la main et le prit. Quand il but, en lisant, deux gouttes de bière firent tache sur l'article.

Elle était représentante en produits de beauté. Ça, elle le lui avait dit. Et aussi qu'elle était restée quatre jours à Marseille. Il se rappelait le collier, pour en avoir vu le fermoir tout près sur sa nuque, quand il s'était penché vers elle, avant de faire ça.

On l'avait trouvée étendue sur le dos, les yeux ouverts, les vêtements en désordre. C'est une image qu'il garda devant les yeux jusqu'au bout de l'article. Il y avait un luxe de détails : la jupe relevée, les escarpins noirs à hauts talons, les marques du collier brisé sur le cou.

Elle habitait un petit appartement de deux pièces, près de la place Pigalle. On avait interrogé la concierge.

La concierge, disait l'article, « se tamponnait les yeux avec son mouchoir ». Elle estimait beaucoup sa locataire : toujours le sourire, et pourtant, Georgette Thomas n'avait pas été très heureuse dans la vie. Un divorce à vingt-cinq ans. Quelqu'un qui travaillait honnêtement. Dieu sait si on en voit dans le quartier, c'est vite fait de se laisser aller. Bien sûr, elle recevait des hommes, mais la concierge disait que ça, c'était sa vie privée, elle était libre après tout, la pauvre petite.

René Cabourg imaginait une lampe à abat-jour, dans une chambre aux rideaux fermés. Juste cette tache de lumière dans une grande nappe d'ombre. Les murmures. L'homme, qui devait être grand, et beau, avec ce sourire un peu fat de l'habitué des bonnes fortunes. Et elle. Entre la lumière et l'ombre, le glissement de la jupe, l'éclat de la peau nue, la courbe d'une hanche ou d'une épaule. Sa vie privée.

Il finit son demi et à nouveau des gouttes de bière tombèrent sur le journal. Les escarpins noirs. La femme au sourire tranquille qui lui avait offert une cigarette dans le couloir. Et puis, ce regard méchant d'un petit battant du « Central ». Tous ces hommes qui l'avaient déshabillée, qui l'avaient tenue bouleversée sur un lit bouleversé, leurs dures mains sur ses hanches ou ses épaules. Et lui, cette sottise un soir à Marseille, ce désir insupportable qu'il avait eu d'elle lorsqu'il l'avait aidée à descendre sa valise, cette journée irréelle au sortir de la gare de Lyon, et ce journal.

Il se dit qu'il était heureux qu'elle fût morte, qu'on l'eût trouvée morte.

L'enquête devait être à peine commencée à l'heure où le journal était sorti. On avait la liste des autres voyageurs du compartiment. On espérait qu'ils se présenteraient d'eux-mêmes à la Préfecture ou au commissariat de leur quartier. On pensait qu'ils pourraient fournir des précisions sur ce qui s'était passé avant le meurtre. Il semblait que celui-ci eût été commis à l'arrivée du train en gare, dans la bousculade de la fin du voyage.

Comme le vol ne semblait pas le mobile du crime, le commissaire Tarquin et ses adjoints à la P.J. pouvaient espérer retrouver rapidement le coupable. C'était tout.

René Cabourg savait qu'il n'y avait pas eu de bousculade à l'arrivée. Les voyageurs, debout dans le couloir du wagon, embarrassés par leurs bagages, étaient descendus l'un derrière l'autre, en un flot paisible. On passait des valises par les fenêtres. Sur le quai, à mesure que l'on approchait des barrières de la sortie, le flot grossissait, vous enveloppait. On tendait le cou, sur la pointe des pieds, pour apercevoir par-dessus les têtes ceux qui étaient venus attendre.

Personne n'était venu attendre René Cabourg. Il le savait, et il avait hâte de quitter le compartiment, le train, la gare. Il était sorti du compartiment le premier, du wagon dans les premiers, de la gare dans les premières vagues de ceux qu'on n'attend pas.

Il lisait pour la quatrième fois la liste que donnait le journal, essayant de mettre des visages sur les noms et les numéros. Rivolani, ce devait être l'homme à la veste de cuir, aux cheveux rares, à la petite valise en carton bouilli dont les coins étaient râpés et sales. Darrès, c'était la jeune fille qui était montée à Avignon et qui avait souri dans le couloir, alors qu'il bavardait avec la femme au sac marqué G. Non, ce n'était pas elle. Si Thomas, la victime, était deux numéros plus loin, les couchettes étaient numérotées impairs à gauche, pairs à droite. Il ne savait plus. Il vérifia le numéro de sa propre couchette.

C'était ça. À gauche en bas, l'homme à la veste de cuir, Rivolani. À droite en bas, Darrès, une femme blonde, quarante ans, trop fardée, avec un manteau de léopard, ou ce qui lui semblait du léopard. À gauche, sur la couchette du milieu, la jeune fille montée à Avignon. Elle était blonde aussi, vingt ans ou à peine davantage, et elle portait un manteau bleu clair sur une petite robe légère, avec un nœud de ruban sur le devant. À droite, sur la couchette du milieu, c'était Georgette Thomas, et René Cabourg revit à nouveau ses genoux, sa jupe relevée une seconde lorsqu'elle avait voulu prendre sa valise. À gauche, sur la couchette du haut, Garaudy. René Cabourg n'avait aucun souvenir. Il n'avait pas remarqué. Ou plutôt si, la couchette était encore inoccupée lorsqu'il s'était étendu sur la sienne, en haut à droite, vers minuit et demi. Plus tard, il y avait eu une voix.

Il leva les yeux sur le garçon debout devant sa table. Le garçon finissait son service, il ramassait les additions.

René Cabourg, en sortant de la monnaie de sa poche, y trouva un jeton de téléphone. Il se rappela un soir de pluie, une cabine étroite qui sentait la sciure mouillée, dans un bistrot du boulevard de Strasbourg, pas loin de là, où il avait essayé, deux semaines auparavant, d'atteindre un camarade de bureau qui lui avait dit aimer la boxe. Le téléphone ne répondait pas.

Le garçon, qui ramassait son argent, dit quelque chose à propos des samedis soirs, de l'hiver, balança la tête et s'éloigna, son chiffon sur l'avant-bras, du pas de quelqu'un qui a marché tout le jour.

René Cabourg regarda la photo de la femme, en première page, très vite, puis plia soigneusement le journal et le posa près de lui, sur la banquette.

Son verre était vide. Il plaça tout près, sur le rond de carton, son jeton de téléphone. Il était sept heures ou presque à la pendule électrique au-dessus du comptoir. Le couple, à la table à côté, était parti.

René Cabourg laissa aller sa tête sur le dossier de la banquette, baissant les paupières sous l'éclat des tubes de néon.

C'est un peu ce mouvement qui le décida. Il était fatigué, il sentait qu'il passerait son dimanche à traîner sa grippe entre un lit défait, un réchaud à gaz dont il devait faire réparer le tuyau depuis cent sept ans, une tasse qu'il ne laverait pas et qui serait poisseuse après quelques grogs. Il n'avait plus envie de rentrer chez lui tout de suite, c'était ça, ce devait être ça. Il avait envie de parler à quelqu'un, à quelqu'un qui l'écouterait, qui pendant quelques minutes le trouverait assez important pour l'écouter.

Il prit le jeton dans sa main droite, se leva, et debout chercha des yeux dans la salle, qui redevenait tout à coup bruyante, où se trouvait le téléphone.

Il descendit des marches. Dans la cabine, qui était large pour plusieurs personnes et où les cloisons étaient couvertes de graffiti, il se rendit compte qu'il ne savait pas qui appeler. Le journal disait : P.J. ou le commissariat de quartier.

Il chercha la P.J. sur un Bottin à la couverture arrachée. Il trouva la Préfecture. Il pensait aux genoux de la morte, à l'image que donnait le journal : les escarpins noirs, la marque du collier sur le cou. Il essayait de ne réfléchir qu'à ce qu'il faisait. Est-ce qu'il serait le premier à appeler, parmi les voyageurs du compartiment ?

Sa voix dérailla quand il dit « Allô », il dut l'éclaircir en toussant. Il dit qu'il était un voyageur du Phocéen, un voyageur du compartiment dont on parlait dans *France-Soir*, qu'il était Cabourg. Malgré lui, il lança cette dernière phrase sur un ton si affirmatif, si prétentieux, qu'on répondit à l'autre bout du fil : « Et alors ? »

On n'était pas au courant. On allait voir. Il fallait qu'il attende. D'abord, c'était pas ce numéro-là qu'il fallait demander. Il dit qu'il ne savait pas.

Il attendit, penché sur la tablette au-dessous de l'appareil, le menton appuyé sur ses coudes, l'écouteur grésillant à son oreille, regrettant déjà d'avoir appelé.

Il essayait maintenant, désespérément, de retrouver le fil, de penser à ce voyage, de faire le point sur ce qu'il allait dire. Il ne retrouvait que le sourire de la petite qui était montée à Avignon, comment s'appelait-elle ? Il ne savait plus.

Il avait pris le train une demi-heure à l'avance. Il y avait qui dans le compartiment ? Personne. Si. Un garçon, un garçon d'une quinzaine d'années. Blond, l'air triste, dans un costume de tweed froissé. Pas exactement dans le compartiment, sur la porte. Quelqu'un d'un compartiment à côté.

René Cabourg avait tout de suite ôté son pardessus, qu'il avait allongé sur sa couchette, en haut à droite. L'homme en veste de cuir et la femme blonde étaient arrivés au moment où il reposait le pied par terre : il avait même eu peur qu'on lui fît une réflexion parce qu'il était monté, en chaussures, sur la couchette du dessous.

Georgette Thomas était arrivée beaucoup plus tard, juste une minute ou deux avant le départ du train. Il était dans le couloir. Il avait eu du mal à lui faire de la place pour entrer dans le compartiment, parce que le couloir était encombré de voyageurs qui faisaient leurs adieux aux fenêtres. Il avait senti son parfum. Il avait pensé que c'était embêtant qu'il y eût des femmes, qu'il ne pourrait pas se déshabiller. Et puis quelque chose d'autre, quelque chose de bête, dont il s'était dit que c'était bête, qu'il avait oublié.

« Je ne vous oublie pas, dit une voix à l'autre bout du fil. Une seconde, on vous passe la ligne. Coupez pas. »

Peut-être, les autres n'avaient-ils pas encore lu le journal, pas encore appelé ? Il avait l'impression de retrouver une ambiance, quelque chose qu'il avait aimé, le compartiment, les couchettes où chacun s'arrangeait comme il pouvait, le voyage ensemble. Peut-être les réunirait-on, tous, comme témoins, pour une confrontation. Ils attendraient assis à la file sur un banc, dans une pièce mal peinte. Ils seraient tous un peu angoissés.

« J'écoute », dit une voix.

René Cabourg répéta qu'il était un des voyageurs du Phocéen, qu'on donnait son nom dans *France-Soir*.

Un grésillement bref, aigu, qui lui fit mal aux oreilles. Une autre voix encore : le commissaire Tarquin n'était pas rentré, on lui passait l'inspecteur Grazziano. René Cabourg se rappela un boxeur américain, un poids moyen du temps de Cerdan. L'inspecteur portait le nom d'un boxeur.

Juste au-dessus de la tablette où il s'appuyait des deux coudes, il vit un graffiti obscène, tout près de ses yeux, un accouplement au stylo-bille, suivi d'un rendez-vous donné au même endroit tous les après-midi, à seize heures, par quelqu'un qui se disait J. F. vingt-deux ans et qui faisait des fautes d'orthographe. Il tourna la tête, vit qu'il y avait partout autour de lui des rendez-vous du même genre.

« Inspecteur Grazziano ? »

C'était lui. Il était au courant. Il l'appelait M. Cabourg, comme les clients qu'il avait tout le jour au bout du fil, à son bureau de la place d'Alésia. La voix était pleine, profonde, une voix de radio. René Cabourg imaginait les lourdes épaules, les manches retroussées sur des avant-bras épais, le visage durci par la fatigue de sept heures du soir.

L'inspecteur qui portait le nom d'un boxeur dit qu'il prenait de quoi écrire, puis de nouveau qu'il écoutait, mais aussitôt, c'est lui qui parlait : nom, prénom, âge, adresse, profession.

« Cabourg, René Cabourg. J'ai trente-huit ans. Je suis inspecteur des ventes pour une marque d'appareils ménagers. Progine. *Le progrès*... Oui, c'est ça, Progine. Non, je suis dans une brasserie, devant la gare de l'Est. J'habite rue Cinord, tout près d'ici. Dès que j'ai vu ça, dans *France-Soir*... Eh bien, c'est-à-dire, pas exactement, rien de spécial, mais j'ai pensé que je devais vous téléphoner... »

Il avait bien fait. Est-ce qu'il occupait bien la couchette, voyons voir, la 226, c'était ça ?

« Oui, celle du haut, à droite en entrant, c'est ça.

— Vous avez pris le train à Marseille ?

— C'est ça. Hier soir.

— Et vous n'avez rien remarqué de spécial durant le voyage ? »

Il eut presque sur les lèvres de répondre qu'il n'avait pas souvent l'occasion de voyager, que tout lui paraissait « spécial » dans le train, mais il répondit finalement non, rien.

« À quel moment êtes-vous descendu du train ?

— À l'arrivée. Je veux dire, presque tout de suite.

— Quand vous avez quitté le compartiment, rien de spécial ? »

Maintenant, le mot lui donnait envie de rire, bêtement, devenait presque, à l'entendre, une incongruité. Il dit non, rien, mais il pouvait assurer qu'à ce moment la victime était vivante.

« Vous connaissez la victime ?

— Vous voulez dire, si je vois de quelle femme il s'agit ? J'ai vu sa photo…

— Il y avait d'autres femmes dans le compartiment ? »

Ils ne le savaient pas. Personne n'avait donc encore appelé. Cela lui fit une impression étrange : le premier arrivé, le premier parti, le premier témoin.

« Oui, deux autres. Enfin, celles que j'ai vues.

— Il n'y a que des noms sur ma liste, dit l'inspecteur Grazziano, et vous êtes le premier voyageur du compartiment à nous téléphoner. Vous pourriez donner un signalement des autres ? »

René Cabourg dit certainement. Il avait laissé le journal sur la banquette, dans la salle. Il s'en voulut un peu.

En même temps, il était déçu. Il n'avait pas pensé que l'interrogatoire se ferait par téléphone, dans cette cabine où il commençait à transpirer, devant un dessin maladroit qu'il ne quittait pas des yeux et qu'il ne voyait plus.

« Écoutez, est-ce que je ne ferais pas mieux de passer vous voir ?

— Maintenant ? »

Il y eut un silence, puis la voix de radio dit que c'était très aimable, mais qu'il était plus de sept heures, lui-même avait encore pas mal de travail sur une autre affaire. Le mieux était qu'un inspecteur passe chez lui, le lendemain matin, ou, si cela ne le dérangeait pas, qu'il vienne au Quai vers dix heures. Cela ne le dérangeait pas ?

René Cabourg dit bien sûr que non, puis il eut honte et se reprit, dit qu'il essaierait de déplacer un rendez-vous.

« Bien. Je vous donne les noms des autres

voyageurs et la place qu'ils occupaient dans le compartiment. Essayez de vous rappeler. Rivolani, à gauche en bas ? Un homme ou une femme ?

– Un homme. Il portait une veste de cuir. Verte, je crois. Il avait une valise bon marché, vieille. Enfin, elle était râpée sur les coins, vous voyez ? Il ne parlait pas beaucoup. Il s'est couché tout de suite, tout habillé, et il a dû s'endormir.

– Quel âge ?

– Quarante-cinq, cinquante. Il avait l'air de quelqu'un qui travaille de ses mains, un mécanicien, quelque chose comme ça. Ce matin, en arrivant, il dormait encore quand je suis allé me laver aux toilettes. Il a fallu que je fasse la queue. Vous savez comment ça se passe. Après, j'avoue que je ne l'ai pas remarqué. »

L'inspecteur trouvait que c'était très bien. Darrès, à droite en bas.

Une femme, quarante ans, peut-être plus. C'était difficile à dire à cause du fard. Un manteau de léopard ou de l'imitation. Il n'avait jamais su reconnaître une fourrure. Elle était blonde, très parfumée, avec une voix qui s'écoutait. Un peu comment dire (il hésitait sur le mot sophistiqué parce qu'il n'était pas sûr qu'un policier le comprît), elle faisait du genre, quoi. Elle était allée se déshabiller aux toilettes, une heure après le départ. Elle était revenue avec une robe de chambre rose sur un pyjama rose. Elle suçait des pastilles pour la gorge et en avait même offert, à un moment, à la victime.

Il en disait trop. Il ne savait jamais aller à l'essentiel. Il dit que c'était tout. En même temps, il se rappelait que la femme blonde avait parlé de cinéma, de Côte d'Azur, de théâtre, et aussi que le matin elle avait été la première levée, puisqu'en descendant de sa couchette, il l'avait vue habillée, prête à s'en aller, ses valises rangées près d'elle. Finalement il mentionna ces détails.

L'inspecteur dit bon, qu'on avait retrouvé dans la soirée la trace d'une Eliane Darrès, actrice, qui pouvait être cette femme-là.

Bombat, couchette du milieu, à gauche.

Une jeune fille, blonde, pas très grande, jolie, une vingtaine d'années. Elle était montée à Avignon, c'était ça. Elle avait l'air d'une petite employée de bureau qui a trouvé une place à Paris. Une voix qui chantait un peu. Enfin, elle avait un petit accent méridional.

Garaudy, en haut à gauche.

Il ne savait pas. La couchette était vide.

L'inspecteur dit tiens, que tous les billets avaient été poinçonnés, et que la couchette, d'après le rapport de l'Identité Judiciaire qu'il avait sous les yeux, avait effectivement été occupée.

René Cabourg dit qu'on le comprenait mal, qu'il n'avait pas vu la personne, que la couchette était vide lorsqu'il était monté sur la sienne.

« Quelle heure était-il ? »

C'était bête. Sans même hésiter, il mentit.

« Onze heures, onze heures et quart, je ne sais pas. Plus tard, j'ai entendu une voix. J'ai le sommeil très léger, et je dormais mal.

— Vous avez entendu la voix de la personne de la couchette voisine, Garaudy, c'est ça ?

— C'est ça. Enfin, je présume que c'était la sienne. Elle devait parler à la jeune fille au-dessous d'elle. Je pense même qu'elle se penchait et qu'elles ont bavardé un long moment.

— Pourquoi dites-vous “elle” ? »

Il eut envie de répondre « elle — la personne », mais de toute manière ça ne changerait rien.

« Parce que je crois que c'était une femme.

— Qu'est-ce qui vous fait dire ça ?

— C'était une voix douce, pas une voix d'homme. Et puis, c'est difficile à expliquer, mais j'ai le sommeil très léger, et je sentais sa présence, quand elle bougeait. C'était une femme.

— Vous voulez dire que c'était une question de bruits, de mouvements que vous entendiez ?

— C'est ça. »

On l'interrogea sur la victime. René Cabourg

avait à nouveau soif. Il aurait aimé ouvrir la porte de la cabine, où maintenant l'air lui manquait. Il sentait sa chemise coller contre son dos, des gouttes de sueur couler le long de ses tempes, sur ses mâchoires.

Il avait bavardé un moment avec Georgette Thomas, dans le couloir du wagon. Elle ne lui avait dit qu'une chose : qu'elle était représentante. Pas son nom : Si, qu'elle avait passé quatre jours à Marseille. Cela faisait son troisième voyage de l'année dans cette ville. Non, elle avait l'air très calme, très détendue.

Au matin, elle se trouvait encore dans le compartiment lorsqu'il l'avait quittée. Ils s'y trouvaient encore tous. Non, pas Garaudy en effet, elle ne s'y trouvait pas. Il avait dit ça parce qu'il ne l'avait pas vue, qu'elle lui semblait, en quelque sorte, ne pas faire partie du compartiment.

« Voilà ! »

Il donna le numéro de son immeuble dans la rue Cinord, le numéro de téléphone de son bureau, promit d'être à l'heure le lendemain dix heures au Quai des Orfèvres. Porte 303, troisième étage.

La voix de radio s'éteignit sur un remerciement, un déclic qui ne libérait pas René Cabourg.

Il lut un autre graffiti en ouvrant la porte de la cabine, resta une seconde immobile dans l'air plus frais.

Il était ça. Une fois, à minuit et quart, dans un train, il avait été ça : quelqu'un d'assez misérable pour barbouiller les murs de ses saletés. Il n'avait pas barbouillé les murs, mais c'était la même chose.

Grazziano. Dans la nuit qui était tombée sur la place de la gare de l'Est, René Cabourg, col de pardessus relevé, se demandait si l'inspecteur, le lendemain, aurait déjà parlé à d'autres voyageurs du compartiment et s'il le considérerait comme un barbouilleur, un obsédé sexuel.

Il avait eu tort de mentir, au sujet de l'heure où il s'était couché. À quoi bon ? Quelqu'un d'autre devait avoir entendu, elle avait parlé très fort, presque crié. On saurait qu'il y avait eu une dispute dans le couloir, chacun déformerait cette dispute à sa façon, mais on se souviendrait de l'heure, c'était après et non avant le contrôle des billets. Les contrôleurs confirmeraient.

Un mensonge. Puisqu'il avait menti une fois, on ne le croirait plus. S'il voulait tant la cacher, c'est que la dispute avait une importance. On y verrait une rancœur de malade, un mobile peut-être. La raison de la dispute ne serait pas difficile à découvrir. Cela aussi, ce pourrait être un mobile : il avait très bien pu descendre du train, remonter un moment plus tard, surprendre la femme aux escarpins noirs seule dans le compartiment, et se jeter sur elle. Elle se serait défendue. Il l'aurait étranglée pour étouffer ses cris.

Mais non.

Devant la glace au-dessus du lavabo, dans sa chambre au cinquième, une chambre mansardée où tout traînait à l'abandon depuis une semaine, les vêtements, les plantes grasses et la vaisselle, René Cabourg avalait un verre d'eau sur deux cachets d'antigrippe, et se disait que rien ne se passerait ainsi le lendemain.

D'abord, il pouvait très bien s'être trompé, de bonne foi, sur l'heure à laquelle il s'était couché. L'essentiel était de raconter lui-même l'incident, comme un détail sans importance, avant que quelqu'un d'autre ne le fît.

Il voyait très bien les gestes qu'il devrait faire, l'attitude désinvolte qu'il devrait prendre. Il glisserait très vite sur l'incident, avec un petit sourire, en secouant la tête, l'air de penser : « Ces femmes, quand même. »

Il dirait : « Ces gonzesses, quand même. » Il dirait : « On était là, tous les deux, seuls dans le couloir. Elle avait l'air engageante. Vous savez ce que c'est. On sent ça. Je l'ai un peu pelotée. Vous savez ce que c'est. C'est vraiment dommage, entre parenthèses, une fille si bien roulée qui se fait estourbir comme ça… Bref, elle est montée sur ses grands chevaux et je suis allé me coucher. »

Il passerait vite à autre chose. Ce serait une plaisanterie, entre hommes, rien de plus.

Devant la glace, se regardant comme il avait regardé le dessin obscène, sans se voir, il se sentit soudain encore plus déprimé. Il savait qu'il ne pourrait pas tenir ce rôle, employer ces mots. Ce serait encore plus bête. Il lâcherait de lui-même la vérité, quelque chose de si pauvre, de si minable qu'ils en seraient tous gênés. Il bafouillerait, il rougirait, il pleurerait peut-être. Il faudrait l'aider à remettre son pardessus, on le pousserait dehors sans savoir que lui dire, on respirerait lorsqu'il serait parti. Un pauvre type.

René Cabourg, qui avait ôté son pardessus, le remettait, le boutonnait. Il n'allait pas rester là. Il allait dîner, n'importe quoi. Il vit sa valise sur le lit défait depuis le samedi précédent, pensa qu'il ferait bien de passer un tricot de corps, de prendre une autre paire de gants. Et puis non, il sortit en éteignant la lampe du plafond, pas l'autre, celle du lavabo, qui continua d'éclairer un miroir vide.

À la porte de *Chez Charles*, il hésita. Il était presque neuf heures. Il vit à travers la vitre le patron qui faisait sa caisse. Il n'y avait plus qu'un client, un jeune homme blond qui leva la tête et le regarda, la bouche ouverte pour avaler un morceau de steak. René Cabourg s'éloigna, les mains dans les poches de son pardessus, le col relevé.

En marchant, il pensait à nouveau à la femme en tailleur sombre, aux longues jambes gainées de nylon, à l'image que lui laissait d'elle *France-Soir*. Il regrettait d'avoir abandonné le journal sur la banquette de la brasserie. Il aurait voulu relire l'article, revoir la photo.

Pourquoi, bon Dieu, avait-il téléphoné ? Il devait y en avoir des douzaines de Cabourg, dans cette ville sombre qui jamais, oui, finalement jamais n'avait été la sienne. On ne l'aurait pas retrouvé.

Grazziano lui fit penser à boxeur, boxeur à Central, Central à samedi soir. On était samedi soir.

Il eut l'impression que c'était la seule chose agréable qui lui fût arrivée depuis longtemps. Le Central.

Il pensa d'abord prendre le métro, et puis au diable, on était encore au début du mois et il serait augmenté à Noël. Il descendit vers la gare de l'Est, presque en courant, à la recherche d'un taxi.

À la gare de l'Est, il courait vraiment. Quelqu'un, qui sans doute avait un train à prendre, courait derrière lui. René Cabourg bouscula un couple qui passait, s'excusa, ouvrit une portière, en criant au chauffeur :

« Au Central !... La salle de boxe. »

Il était essoufflé. Neuf heures. La réunion devait commencer. Il manquerait le premier combat. C'était un premier combat, un amateur en trois reprises, qui lui avait donné le goût de cette échappatoire du samedi soir. En 57. Un soir de février. Deux poids coqs. 53 kilos, petits, avec des faces de petites brutes.

Il était venu au Central pour faire plaisir à un ancien camarade de classe qui passait huit jours à Paris, qui repartait en Gironde où lui-même était né. Il y avait eu les coups, les regards sombres des deux petits puncheurs quand ils reprenaient leur souffle. Mais ce n'était pas ça. Quand l'un des deux, monté sur le ring avec une simple serviette sur les épaules, était tombé, visage perdu, bras empêtrés dans les cordes, encaissant, encaissant, encaissant, jusqu'à ce que l'arbitre prît son adversaire à bras-le-corps pour l'enlever de devant, il y avait eu la clameur, le bruit des fauteuils qui claquaient, la foule qui se levait comme une grande vague. C'est alors que ça s'était produit. À ce moment-là.

René Cabourg s'était levé avec les autres, il hurlait avec les autres, essayant de surprendre les sursauts du boxeur abattu, les piaffements du boxeur triomphant, et après, bien après, il avait senti ses mains qui lui faisaient mal d'applaudir et il était redevenu lui-même, rien, un homme dans une foule.

Il était revenu seul, au Central, et cela s'était produit à nouveau. Plus tard, il y avait eu les habitués qu'on reconnaît, les pronostics qu'on échange, l'entracte où l'on offre un verre au bistrot à côté, le plaisir d'être samedi soir et de penser qu'après une semaine vide, il y aura un autre samedi soir.

En quittant son taxi, devant le Central, René Cabourg croyait que, pour une fois, il serait le dernier. Mais non. Un taxi s'arrêtait derrière le sien. Une femme en descendait, seule, qui lui rappela la femme du train, parce qu'elle était brune.

Il s'effaça, devant le guichet, quand elle s'approcha pour prendre sa place. Elle était jeune, mais déjà marquée, avec un petit manteau noir sur les épaules, un sac à main qu'elle tenait contre sa poitrine comme si elle avait peur de le perdre. Il vit ses mains qui étaient rouges, usées par les lessives. Peut-être la femme d'un boxeur au programme, qui attendrait au vestiaire à la fin du match, la tête pleine des espoirs fous de son petit homme, les gros cachets, l'appartement confortable, le titre, la chance pour de bon.

Il vit trois combats amateurs, sans pouvoir retrouver le plaisir qu'il était venu chercher. Il pensait aux soirs de Marseille, dans le petit hôtel de l'avenue de la République : la chambre triste parce qu'il fallait faire attention aux notes de frais, le lit qui sentait la lavande, et le couple, quarante-huit heures auparavant, dans la chambre voisine, leur dispute et ce qui avait suivi leur dispute. Il venait de rentrer. Il avait encore sa serviette à la main, pleine de dossiers. Il était resté assis sur le lit, immobile, en pardessus, n'osant pas respirer. Les longues plaintes de la femme, ses plaintes tout près de l'autre côté de la cloison, au point qu'il entendait certains mots, et puis tout à coup ces cris brefs qui ne devaient plus venir que des lèvres, mais qui étaient aigus comme ceux d'un petit animal…

Il était resté assis longtemps, peut-être deux heures, peut-être trois. Il les entendait rire, il savait qu'ils restaient nus sur le lit aux draps froissés, de l'autre côté de la cloison. Il savait sur elle des choses que son amant était seul à savoir. Qu'elle avait gardé son collier de perles, par exemple. Elle l'avait acheté à Paris. Qu'elle avait les cheveux longs dans le dos. Ils riaient, ils se chamaillaient, puis à nouveau c'était le silence, un petit rire d'elle encore, et les gémissements recommençaient, les petits cris d'animal, les balbutiements et les images qu'ils évoquaient.

Il n'avait jamais vu cette femme. Il était sorti, il avait traîné dans des rues vides, il était revenu. Il ne les entendait plus. Ils étaient repartis.

La foule se levait lentement autour de lui. C'était l'entracte. Il n'osait pas regarder les visages de ses voisins. Il descendit aux toilettes, passa de l'eau froide sur son front brillant. Il était stupide d'être sorti. Il avait la fièvre. Il allait être malade.

Demain, il irait voir l'inspecteur, bureau 303, troisième étage. Il dirait simplement ce qui s'était passé. Qu'il était seul, qu'il était laid, qu'il avait toujours été ainsi, qu'à Marseille une femme qu'il ne connaissait pas lui avait dit à travers une cloison qu'il était un pauvre type, simplement, comme ça, parce qu'elle avait un plaisir fou à faire certaines choses dont il croyait, Dieu savait pourquoi, que les femmes ne les faisaient que par devoir ou pour de l'argent. Qu'ensuite, il avait marché des heures, et qu'il avait même pleuré sur un banc, Dieu savait où dans la nuit de Marseille, pleuré avec des sanglots, comme autrefois. Qu'il n'avait jamais rien compris à la vie, à la partie qui amusait tant les autres et dont ils avaient, eux, appris les règles, Dieu savait comment. Et que voilà, il était monté dans un train de nuit, que tout lui semblait nouveau, « spécial », qu'une femme brune lui avait montré ses genoux en voulant descendre sa valise, pour y prendre un tube de cachets d'aspirine, dont elle ne s'était d'ailleurs pas servie. Qu'il avait fini par se persuader, pauvre andouille, que l'aspirine n'était qu'un prétexte, que c'était une manière d'engager la conversation. Qu'elle était belle, plus belle qu'aucune femme qu'il avait approchée de si près. Qu'elle était si près qu'il avait pu sentir son parfum, détailler le fermoir de son collier de perles. Que ce collier lui en rappelait un autre qu'il n'avait pourtant jamais vu. Et qu'à ce moment, alors qu'elle était penchée à la fenêtre du train, et qu'elle parlait en riant de Dieu savait quoi, car il n'entendait pas, il avait montré qu'il ne connaissait pas les règles, qu'il n'était qu'un pauvre type.

René Cabourg n'entendit pas la porte des toilettes s'ouvrir derrière lui. Penché au-dessus d'un lavabo fendillé, sale, le robinet coulant, son front et ses cheveux mouillés, le pardessus ouvert sur un veston où l'eau s'était répandue, il reçut le coup de revolver dans le cou, un peu au-dessous de la nuque. Il n'entendit pas la détonation, ne vit pas la flamme, ne s'aperçut même pas d'une présence dans le lavabo déserté. Il y avait près d'un quart d'heure que l'entracte était terminé.

Il tomba d'abord en avant, vers la glace au-dessus du lavabo, ne comprenant pas pourquoi il allait vers son propre visage, sans douleur, continuant de penser à ce qu'il dirait le lendemain. Il pivota sur lui-même en s'affaissant sur le lavabo et sa cravate baigna dans l'eau qui coulait. Il pensait qu'il leur dirait à tous oui, quand elle s'était penchée, il avait fait ça, il ne l'avait pas pelotée, il n'avait fait aucun des gestes qu'il aurait dû faire ; il avait été submergé par un espoir insensé, la tête dans l'eau du robinet, à genoux sur le carrelage des toilettes, et il avait posé la main sur son épaule, oui sur son épaule, parce qu'elle était la seule personne qui pût comprendre et Dieu savait qu'elle avait compris, la tête dans le lavabo. Elle s'était retournée avec un petit mouvement sec des épaules, comme un boxeur qui a vu l'ouverture, peut-être pour se moquer de lui, mais en voyant son visage, elle avait dû voir que c'était plus grave, lire dans ses yeux il ne savait quoi d'insoutenable. Elle était devenue furieuse, elle avait crié.

Il glissa lentement du lavabo, son visage sortant de l'eau les yeux fermés, se disant oui, ma main sur son épaule, comme ça, se demandant ce qu'il y avait eu sur son visage qu'elle n'avait pas pu supporter, mais avant de trouver, il était étendu à plat ventre sur le carrelage, et il était mort.

Couchette 224

Georgette Thomas offrait au photographe un beau sourire attentif. Elle portait ce jour-là une veste ou un manteau à col de fourrure blanc, et sa chevelure, encadrant le visage et le regard clair, semblait plus belle encore et plus noire. Elle devait aimer ses cheveux, passer de longs moments à les brosser, à essayer des coiffures différentes. Elle devait aimer aussi tout ce qui les mettait en valeur, et c'est pour cela, sans doute, que sa garde-robe était vouée au blanc.

L'homme en tricot de corps et en pantalon de pyjama – Antoine Pierre Emile Grazziano, dit Grazzi – pensa que le patron devait avoir raison, qu'une si jolie fille ne pouvait être victime que d'un crime passionnel, et, qui sait, que le coupable était peut-être déjà en train de larmoyer dans un commissariat de quartier.

Il remit la photo d'identité dans son portefeuille de maroquin rouge, vieux de trois Noëls, et resta un moment accoudé à la table de cuisine, devant la fenêtre, le menton dans ses mains. Avant de mettre le café à chauffer sur la cuisinière qu'il pouvait atteindre sans se lever de son tabouret, il avait ouvert les rideaux à fleurs de la pièce sur un dimanche qui avait l'air d'un jour de semaine, sur un ciel grisâtre qui ne savait pas ce qu'il voulait.

Dehors, sur l'herbe rare de ce qu'on appelait « les espaces verts » de l'immeuble, la nuit avait déposé le premier givre de l'année. Grazzi, qui avait fait le projet d'emmener son fils au Zoo de Vincennes, dans l'après-midi, regrettait moins de ne pouvoir le faire. Il tâcherait de revenir déjeuner à la maison, peut-être en gardant une voiture de la P.J., et il resterait un moment avec Dino, jusqu'à ce qu'on le couche pour sa sieste. Ce serait pareil.

Sur le gaz, la cafetière italienne sifflait. Il tendit le bras et éteignit. Sans se lever, il prit la cafetière et remplit l'une des deux tasses qu'il avait posées devant lui. La vapeur du café lui monta au visage.

En buvant, sans sucre, il pensa au rapport de la veille, à l'appartement de la rue Duperré, qui était petit, bien meublé, bien propre, avec quelque chose d'un peu douceâtre, comme tous les logements de femme seule, et aussi aux conseils grandiloquents de Tarquin, son patron. Primo, se mettre dans la peau de la nana, la connaître mieux qu'elle ne se connaissait, devenir son double, tout le toutim. Comprendre par l'intérieur, si tu vois ce que je veux dire.

On voyait très bien. Un autre inspecteur, Mallet, avait même si bien vu Grazzi dans la peau et les vêtements de Georgette Thomas qu'il en riait encore au moment de se séparer. Vers vingt heures trente, dans le couloir, il lui avait dit *ciao* poupée, qu'il lui souhaitait bien du plaisir avec ses jules.

Déjà, il semblait aller de soi qu'elle en avait plusieurs. Malgré lui, dans le bureau du patron, Grazzi avait donné à penser qu'elle changeait d'amants comme de linge.

Elle avait beaucoup de linge, très soigné, marqué G de cette petite lettre rouge qu'on emploie en pension et qu'on retrouvait sur les doublures de ses combinaisons, de ses culottes, de ses corsages, jusque sur ses mouchoirs. Deux tiroirs pleins. Du nylon blanc et de la dentelle, qu'on avait dérangés en fouillant, si doux sous la main que le maigre Grazzi se sentait pataud. La petite lettre rouge sur toutes les doublures.

À sept heures du soir, devant le patron et les autres, Grazzi s'était mal exprimé. Ou plutôt, en essayant d'extraire quelque chose du rien de son petit carnet rouge, il avait exprimé une conclusion qui n'était pas la sienne. Sur place, rue Duperré, en fouillant les armoires et les tiroirs, Gabert, le petit blond qui l'accompagnait, avait dit, parce que la fille était jolie et que ça lui faisait un certain effet de lire ses lettres et de toucher ses jupons : « Elle ne devait pas s'ennuyer. »

Il y avait trois hommes dans la vie de la victime, quatre en comptant le mari qu'elle n'avait pas revu depuis des mois. Le vendeur de voitures, Harrault, qui était venu au Quai vers six heures, la mine défaite et l'air soumis. L'apprenti quelque chose, Bob il ne savait plus quoi, qu'il devait voir dans la matinée. Et le petit gars du cinquième, rue Duperré, un étudiant que la concierge avait l'air d'adorer.

Sur les trois, pour l'instant, on pouvait seulement dire que le premier était son amant. Un grand un peu empâté, l'allure veule, qui retapait des américaines dans un garage de la Porte Maillot et sur lequel, contre toute attente, à voir sa tête, on n'avait rien trouvé au Sommier. Il avait dit, avec des phrases qui allaient deux pas en avant, trois en arrière, que oui, d'accord, « ils avaient été ensemble un moment », en baissant la voix, parce qu'il s'agissait d'une morte ou parce qu'il était marié, à présent, et que c'était de l'histoire ancienne.

Grazzi l'avait gardé vingt minutes. Tête à gifles. Pas de casier. Alibi inattaquable pour les quatre premiers jours d'octobre et le samedi du meurtre. Une femme à laquelle il venait de payer une petite Fiat (neuve, pas d'occasion, et Grazzi ne se rappelait plus pourquoi il savait ça). Papiers en règle. Vêtement de bonne coupe. Chaussures bien cirées. Ancien directeur commercial d'une fabrique de parfums. C'est là qu'il avait connu Georgette Thomas, alors Georgette Lange, représentante de la maison. Liaison six mois avant son divorce, deux ans et demi après : « un moment ensemble ». Ne sait rien. Ne connaît pas d'ennemis. Ne connaît pas d'amis. Comprend pas comment c'est possible. Comprend rien à tout ça. Désolé pour elle. Tête à gifles.

Grazzi remplit l'autre tasse posée sur la table, devant lui, mit deux sucres et se leva en se frottant la nuque. Il entendait sa femme bouger dans leur lit.

Dans l'étroit vestibule qui séparait la cuisine de leur chambre, la tasse, qui était trop pleine, se déversa un peu dans la soucoupe. Il ne dit pas le gros mot qui lui venait aux lèvres pour ne pas réveiller le petit.

Elle avait les yeux ouverts, comme toujours. Grazzi, qui avait le sommeil lourd, et qui savait qu'elle se levait la nuit pour border Dino ou lui donner à boire, avait l'impression qu'elle ne dormait jamais.

« Quelle heure ?

— Sept heures.

— Tu y vas aujourd'hui ? »

Il dit qu'il fallait bien, avec mauvaise conscience. En fait, rien ne l'y obligeait. Il aurait pu convoquer Cabourg, le Bob, la famille de Georgette Thomas le lundi. Personne ne le pressait, personne n'aurait trouvé à redire. Si l'assassin en profitait pour mettre du champ entre lui et la police, c'eût été tant mieux, une manière d'avouer tout de suite. On l'aurait cherché, on l'aurait trouvé.

Non, rien ne l'y obligeait, sinon son manque d'assurance, ce besoin qu'il avait toujours de gagner du temps sur son travail, comme un élève peu doué qui prépare son examen jusqu'à la dernière minute.

Sa femme, Cécile, qui le connaissait bien, haussait une épaule, n'osait pas lui rappeler la promenade au Zoo, et pour épancher quand même sa déception, s'en prenait au café, qui était trop faible ou trop sucré.

« Qu'est-ce qu'on t'a donné ?

— Une femme qu'on a étranglée dans un train, à la gare de Lyon. »

Elle lui rendait la tasse, sachant sans le lui demander qu'il ne désirait pas avoir cette affaire sur les bras, qu'il allait être encore plus anxieux, pendant quelque temps, de n'être pas dans l'ombre des autres.

« Ce n'est pas Tarquin qui s'en occupe ?

— Il est sur l'histoire des machines à sous. Et puis, en ce moment, il ne s'en ressent pas de prendre un truc dont il n'est pas sûr. Si ça marche, il couvrira. Si ça traîne, c'est moi qui prends. Il doit prendre du galon en janvier, il ne se mouillera plus avant. »

Devant la glace, en se rasant, Grazzi revoyait l'appartement de Georgette Thomas et se disait qu'il était très différent du sien. Mais en quoi un appartement de femme seule, dans un vieil immeuble près de Pigalle, pouvait ressembler à un « deux-pièces-cuisine-bains » d'une H.L.M. de Bagneux, qu'un enfant de trois ans prend pour champ de manœuvres ?

C'était l'appartement, pourtant, cette ambiance en demi-teinte, ce jour raréfié, comme étouffé, qui lui avait fait dire, la veille, des choses qu'il ne pensait pas, qu'en tout cas rien ne lui permettait de croire. Une chambre où les rideaux de cretonne, les volants du dessus-de-lit, les petites tables et les bibelots mièvres rappelaient la jeune dactylo montée en graine. Une minuscule cuisine où tout était à sa place. Une salle de bains ahurissante, entièrement carrelée rose et blanc, qui avait dû être un tombeau d'économies, et qui sentait le fard, le savon de grande boutique. La chemise de nuit courte pendue à un porte-manteau, semblable à celle retrouvée dans la valise. Les serviettes éponge de toutes les couleurs, marquées G comme le reste, épaisses comme des fourrures. Le bonnet de caoutchouc blanc accroché à un tuyau de la douche. L'assortiment de pots de crème sur une tablette. Les miroirs, surtout. Il y en avait partout, même dans la cuisine, et la chambre était si petite, si refermée autour du lit, qu'ils semblaient placés et inclinés de façon équivoque. Du savon plein la figure, la mâchoire tirée par une grimace, Grazzi se rendit compte de sa propre présence, dans son propre miroir. Son rasoir, en crissant, traça une grande traînée de peau nette.

Il y avait un rasoir aussi, chez elle, dans une petite armoire à pharmacie, mais ça ne voulait rien dire, toutes les femmes en ont un.

Il y avait des lettres également, la plupart du revendeur de voitures, des photos d'hommes qu'elle gardait dans une vieille boîte à biscuits, en vrac avec les siennes et celles de sa famille.

Mais ce n'était pas encore ça. Il y avait autre chose dans cet appartement, il ne savait pas quoi, qui impressionnait d'une certaine manière, qui avait fait dire à Gabert : « Elle ne devait pas s'ennuyer. » L'étroitesse de la chambre, son décor trop féminin, trop sucré. Ou le luxe de la salle de bains. Ou cette petite lettre rouge, absurde, de trousseau de pensionnaire, qui marquait tout le linge.

« Dis donc… »

Sa femme entrait dans la pièce, prenait sa robe de chambre accrochée derrière la porte. Grazzi la regardait dans la glace, son rasoir à hauteur de la joue, le geste arrêté.

« À quoi ça rime, une femme qui marque de son initiale tout son linge ?

– Elle donnait peut-être son linge à laver.

– C'est l'initiale de son prénom. Et puis, on ne donne pas ses dessous à laver. Tu crois ? »

Cécile ne croyait pas. Elle s'approchait de la glace, se regardait une seconde en touchant ses cheveux :

« Je ne sais pas. Il y a des femmes qui font broder tout leur linge, ça existe. »

Il expliquait que ce n'était pas une broderie, mais un petit carré de tissu qu'on coud sur les doublures. Quand il était interne, au Mans, sa mère marquait ainsi ses pyjamas, ses serviettes, tout son trousseau. Mais lui, c'était un chiffre. Il se le rappelait : le 18.

Elle ne savait pas. Elle dit qu'il devait y avoir une raison. C'était peut-être une maniaque. En tout cas, le petit n'allait pas tarder à se réveiller. Il mangeait mal, en ce moment. Ce n'était pas drôle, pour un enfant de trois ans, de prendre tous ses repas sans son père. Est-ce que Grazzi rentrerait déjeuner ?

Il promit qu'il rentrerait, en pensant à la fois au petit qui mangeait mal et à Georgette Thomas, assise à côté d'une lampe, cousant des petits G rouges sur du linge bordé de dentelle.

Il prit l'autobus qui venait à vide de l'Haÿ-les-Roses et resta sur la plate-forme pour fumer sa première cigarette. Porte d'Orléans, à neuf heures, la vie tournait au ralenti. Le ciel commençait à virer au beau et les rues de Paris semblaient plus endimanchées que celles de Bagneux.

Dans le 38 qu'il prit ensuite, il préféra s'asseoir. À l'arrêt d'Alésia, la devanture de Progine lui rappela qu'il devait voir dans la matinée l'homme qui avait téléphoné la veille, comment s'appelait-il ? Cabourg. Gabert avait peut-être déjà retrouvé les autres. L'actrice, Darrès. Et Rivolani. Il n'y avait que deux Rivolani au Bottin.

Grazzi imaginait le petit Gabert, jusqu'à minuit passé, demandant des numéros les uns après les autres, s'excusant, se perdant dans les explications et les malentendus, pour finalement lui dire lorsqu'il arriverait tout à l'heure :

« Rien, grand chef. Soixante-treize communications, douze envois sur les fleurs, deux dingues, et une engueulade d'un épicier qui fait les Halles à quatre heures du matin, alors tu penses, les histoires de flics à onze heures du soir… »

« J'en ai trois autres, grand chef », dit Gabert.

Éveillé et rasé depuis moins d'une heure, le visage encore un peu rouge du froid du dehors, il attendait assis sur un coin de table, pas la sienne, celle de Pardi, un Corse taciturne qui travaillait toujours tout seul et qui avait bouclé la veille une affaire d'avortement.

Grazzi avait ôté son pardessus en entrant dans la salle, salué d'un signe de la main deux inspecteurs de permanence qui fumaient debout et parlaient football. Un homme en veston, sans cravate, était assis près d'une porte, les yeux vagues, droit sur sa chaise, menottes aux poignets.

Sans lever les yeux de son inévitable jeu de patience (une petite plaque métallique dont il déplaçait les chiffres d'un index qui donnait le vertige), Gabert dit qu'il s'était couché après minuit, que l'État avait encore perdu des milliers de francs en communications et que la bêtise des gens était incroyable.

« Tu as eu qui ?

— L'actrice, d'abord. Abonnés absents. Trente restaurants pour la trouver. Je l'ai eue *Chez André*. C'est fou ce que ça donne faim de téléphoner à des restaurants. Tous ces bruits qu'on entend. C'est fou.

— Et puis ?

– Rivolani. C'est bien le transporteur. J'ai eu sa femme, pas lui. Il avait fait un voyage à Marseille, il était tombé en panne avec son camion vingt kilomètres avant d'arriver. Il a laissé le camion dans un garage de Berre et il a pris le train pour rentrer. Elle a une voix chouette, sa femme.

– Et le troisième ?

– La troisième, c'est une femme, et la couchette était bien occupée.

– Garaudy ? »

Gabert, qui avait trouvé la combinaison de son jeu de patience, brouillait tout, recommençait sans s'arrêter. Ses cheveux blonds, soigneusement coiffés, ondulés comme ceux d'un jeune premier du temps de l'occupation, étaient encore humides sur les tempes. Il avait gardé son manteau beige à capuchon dans le dos, son « deuffeulcote » comme il disait, son écharpe écossaise « qui venait vraiment d'Écosse ». Dix fois par jour, les autres inspecteurs le mettaient en boîte, à cause de ses cheveux blonds, de son manteau inhabituel dans les services, de ses gestes de gosse de riches, mais il s'en moquait bien. Il était plutôt petit, mince, avec le sourire de quelqu'un qui ne prend rien au sérieux, surtout pas son métier. Il n'aimait pas son métier, il ne le détestait pas non plus. Ça ne le regardait pas. C'était son père qui voulait.

« Mme Garaudy, oui. Une des madame Garaudy. Il y en a beaucoup, dans la famille. La nôtre est mariée avec le fils, un ingénieur qui a été muté à Marseille il y a six mois. Vingt-six ans, un crack de l'électronique. C'est marrant, l'électronique. J'ai un copain qui en fait. On retrouve toute la mythologie grecque dans ce machin, c'est une théorie à lui. »

Grazzi qui s'était assis devant sa table, qui avait sorti son petit carnet rouge, se frottait la nuque avec impatience.

« Et alors ?

— Alors, ils sont mariés depuis un an. Toute une histoire à propos du mal que s'est donné la belle-mère pour les installer à Marseille.

— Passe.

— C'est important pour la suite. Ils ont laissé des tas d'affaires à Paris. Comme le mari, Garaudy, est un bosseur — la vocation, rentre pas pendant trois jours, couche avec l'électronique, tu vois ? — la Mme Garaudy qui t'intéresse s'est amenée seule pour s'occuper du transport de sa batterie de cuisine et faire la bise à belle-maman.

— Et alors ?

— Grand chef, tu es un ingrat. Si. Sans blague. J'ai mis deux heures à apprendre tout ça. J'ai eu finalement la belle-fille. Elle dînait à Neuilly, chez d'autres Garaudy. La voix tremblante quand je l'ai mise au courant. Belle histoire à raconter à ses petites copines. "C'est pas moi qu'on a étranglée, mais presque", tu vois ? Elle s'appelle Évelyne. Jolie voix, elle aussi. Je lui ai demandé de se décrire, pour m'amuser un peu. Elle doit être chouette. Elle est là pour quelques jours, jusqu'à jeudi, je crois. Je lui ai dit pas question, qu'elle devait se tenir à la disposition de la justice. »

Gabert rit, sans lever les yeux, sans cesser d'agiter un index impossible à suivre.

« Elle m'a juré que ce n'était pas elle, qu'elle n'avait étranglé personne. Je lui ai dit qu'on verrait. Si le grand chef est d'accord, je vais la voir à onze heures, 130, rue La Fontaine, demander Lyne. Tu es d'accord ? »

Grazzi dit que ça valait mieux que de l'avoir dans les pattes toute la matinée. Mais qu'il laisse la voiture, il en avait besoin pour rentrer chez lui déjeuner.

À dix heures, Cabourg n'était pas là et Grazzi pensa qu'il pouvait en profiter pour aller prendre un café au pont Saint-Michel. Comme il sortait de la salle, son pardessus sur le bras, avec Gabert, un agent vint le prévenir qu'un homme et une femme désiraient le voir. C'étaient la sœur et le beau-frère de la victime. Ils se nommaient Conte. Ils revenaient de l'Institut médico-légal.

Les Conte vinrent s'asseoir devant la table de Grazzi en se consultant du regard à chaque pas. Ils entraient au Quai pour la première fois, et à leurs visages, on voyait qu'ils ne l'avaient pas imaginé ainsi. La femme, qui était grande et brune comme la victime, mais qui ne lui ressemblait pas, avait pleuré. L'homme avait l'air d'un employé de banque que les chiffres ont rendu myope. Derrière les verres épais de ses lunettes, ses yeux d'un bleu enfantin cherchaient timidement, presque peureusement, ceux de Grazzi, comme s'il se fût approché d'un animal repoussant qu'il fallait apprivoiser.

Il n'était pas employé de banque, mais comptable dans une succursale Renault. Il laissait parler sa femme, se contentait d'approuver de la tête de temps en temps, avec un regard vers Grazzi qui semblait dire c'est ça, exactement ça.

Ils étaient allés reconnaître le corps de Georgette Thomas. Ils espéraient qu'on le leur rendrait le soir même, ils avaient déjà fait toutes les démarches pour l'enterrement. Ils étaient la seule famille de la victime à Paris. Les parents des deux sœurs habitaient toujours Fleurac, en Dordogne, où ils avaient une ferme, avec une patente d'épicerie-buvette, en bordure de la route de Périgueux.

Georgette était, « comment dire », un peu l'enfant prodigue de la famille. À dix-huit ans, elle était « montée » à Paris. À Périgueux, où elle avait passé son certificat d'études, la Libération, les bals populaires, l'animation qu'apportaient les soldats, tout lui avait tourné la tête. Elle suivait des cours, pour être dactylo, mais on avait fini par découvrir qu'elle fréquentait plus assidûment les brasseries du centre. Il y avait eu une scène à la maison. Elle avait pleuré pendant des jours, elle voulait partir. À la fin, elle était partie.

Sa sœur Jeanne, qui était de deux ans plus jeune, qui tendait un visage blême et douloureux vers Grazzi, l'avait accompagnée à la gare, mise dans le train en croyant ne plus la revoir.

« Vous l'avez revue quand ?

— Quelques mois après, quand je me suis mariée. J'avais rencontré mon mari l'été d'avant, il passait ses vacances à Fleurac. »

Il approuvait d'un mouvement insistant du menton. C'était ça, exactement ça.

« Vous habitez Paris, depuis ?

— Oui, pas loin de chez elle, près de la place Clichy. Mais on ne se voyait pas souvent.

— Pourquoi ?

— Je ne sais pas. Nous n'avions pas la même vie. Elle s'est mariée un an après moi. Elle était représentante dans une fabrique de parfums.

Gerly. Elle a épousé le chef des ventes, Jacques, qui est un brave homme. À cette époque, elle venait chez nous plus souvent, le dimanche pour déjeuner, quelquefois en semaine pour aller ensemble au cinéma. Et puis, elle a divorcé. Nous, nous avons eu des enfants. Deux, un garçon et une fille. Elle est venue moins souvent. Elle imaginait peut-être que nous lui en voulions à cause de ce qu'elle avait fait, à cause de l'homme avec qui elle vivait, je ne sais pas, n'importe quoi. Elle venait moins souvent.

— Vous l'avez vue récemment ?

— Il y a un mois environ. Elle nous avait invités à prendre le café chez elle. Nous sommes restés une heure ou deux, un dimanche après-midi, mais elle devait sortir. De toute manière, elle ne nous disait plus rien. »

Gabert, assis sur le coin de la table voisine, avait les yeux baissés sur son jeu de patience. Les chiffres métalliques, à raison de trois par secondes, faisaient un petit bruit sec et irritant. Il posa une question :

« C'est elle qui a voulu divorcer ? »

Jeanne Conte hésitait un instant, regardait Gabert, regardait Grazzi, regardait son mari. Elle ne savait pas si elle devait répondre, si le jeune homme blond qui n'avait pas l'air d'un policier avait le droit de l'interroger.

« Non, c'est Jacques. Chez Gerly, elle a rencontré un autre homme, le directeur commercial, et après quelque temps Jacques s'en est aperçu. Ils se sont séparés. Elle a changé de place. Elle est entrée chez Barlin.

— Elle a vécu avec son amant, par la suite ? »

Nouvelle hésitation. Elle n'aimait pas parler de cela, surtout devant son mari qui, maintenant, baissait les yeux, l'air renfrogné.

« Pas exactement, non. Elle a trouvé cet appartement, rue Duperré. Je présume qu'il venait la voir, mais il ne vivait pas avec elle.

— Vous le connaissez ?

— Nous l'avons vu une fois.

— Elle l'a amené chez vous ?

— Non. Nous les avons rencontrés un jour, par hasard. Il y a environ trois ans. Il avait quitté Gerly lui aussi. Il s'occupait de voitures. Quelques mois après, il y a eu Bob.

— Qui est Bob ?

— Robert Vatsky. Il fait des dessins, de la musique, je ne sais plus quoi. »

Grazzi regarda sa montre, dit à Gabert qu'il était temps pour lui d'aller rue La Fontaine. Gabert fit oui de la tête et partit en traînant les pieds, son casse-tête dans une main, son écharpe dans l'autre. Comme chaque fois qu'il le voyait s'éloigner ainsi, d'une démarche paresseuse et détendue, que rien n'altérait jamais, Grazzi se surprenait à penser à lui par son prénom, qu'il trouvait délirant, Jean-Loup. Et il se sentait, pendant quelques secondes, brutalement heureux, comme lorsque son fils avait appris un mot nouveau et qu'il l'écorchait un peu. C'était drôle.

« Avez-vous une idée de la personne qui a pu faire ça ? Je veux dire, connaissez-vous des ennemis à votre sœur ? »

Ensemble, les Conte secouaient la tête avec impuissance. Elle dit qu'ils ne savaient rien, qu'ils ne comprenaient pas.

Grazzi sortait d'un tiroir l'inventaire de l'Identité, citait les chiffres du compte en banque et des feuilles de paie, la somme retrouvée dans le porte-feuille. Cela leur paraissait normal.

« Avait-elle d'autres revenus que son salaire ? Des économies ? Des titres ? »

Ils ne le croyaient pas.

« Ce n'était pas son caractère, expliquait la femme, en roulant nerveusement son mouchoir en boule. C'est difficile à faire comprendre. J'ai vécu jusqu'à seize ans avec elle, nous couchions dans le même lit, je portais les affaires qu'elle avait portées, je la connaissais bien. »

Elle se remettait à pleurer, silencieusement, sans cesser de regarder Grazzi en face.

« Elle était très ambitieuse. Enfin, comment dire, elle était capable de travailler dur et de faire beaucoup de sacrifices pour avoir ce qu'elle voulait. Mais l'argent en lui-même ne l'intéressait pas. Je ne sais pas comment dire, elle ne s'intéressait qu'à ce qui lui appartenait et qu'elle avait acheté avec son argent. Elle disait souvent "c'est à moi", "c'est le mien", "mon manteau à moi", des choses comme ça. Vous comprenez ? »

Grazzi dit non.

« Eh bien, par exemple, elle avait déjà, quand nous étions petites, la réputation d'être avare. On la plaisantait à table, parce qu'elle ne voulait pas me prêter l'argent de sa tirelire. Mais je ne sais pas si avare est le mot. Elle ne gardait pas l'argent. Elle le dépensait. Pour elle. Elle ne pouvait pas supporter l'idée de le dépenser pour quelqu'un d'autre. Elle n'a jamais fait de cadeau qu'à mon fils, qu'elle aimait beaucoup, mais pour ma fille, déjà, c'était différent, ça créait des situations imbéciles chez nous. Un jour, nous lui avons dit.

— Quel âge a votre fils ?

— Cinq ans. Pourquoi ? »

Grazzi sortait de son portefeuille les photos d'enfant retrouvées dans les affaires de la victime.

« C'est lui, c'est Paul. Il y a deux ans que ces photos ont été prises.

— Si je comprends bien, madame, vous voulez dire que votre sœur n'avait pas pour habitude de faire des économies mais qu'elle était d'un caractère… disons égoïste. C'est bien ça ?

— Oui et non. Je n'ai pas dit qu'elle était égoïste. Elle était même très généreuse, très crédule avec tout le monde. Toutes ces bêtises qu'elle faisait, c'était de la naïveté. Elle était très naïve. On le lui reprochait. Je ne sais comment vous dire, mais maintenant qu'elle est morte... »

Les larmes coulaient à nouveau. Grazzi se dit que mieux valait passer à un autre sujet. Bob par exemple, puis interrompre l'entretien qu'il reprendrait plus tard. Malgré lui, il fouillait la même plaie :

« Vous lui avez fait des reproches ? Vous vous êtes disputées ? »

Il dut attendre qu'elle se fût essuyé les yeux de son mouchoir en boule. Elle disait oui de la tête, avec de petits hoquets silencieux qui faisaient saillir les veines du cou.

« Il y a deux ans, à Noël, pour une bêtise.

— Quelle bêtise ?

— La voiture. Elle avait acheté une voiture, une Dauphine. Elle était plusieurs fois venue voir mon mari, et il s'était occupé du crédit, de la livraison, enfin tout. Elle avait envie d'une voiture depuis longtemps. Des semaines avant de la commander elle disait déjà "ma voiture à moi". Quand elle l'a reçue la veille de Noël, elle a fait peindre de petites initiales sur les portières avant, dans un garage. Elle devait déjeuner chez nous. Elle est arrivée en retard. Elle nous a expliqué. Elle était heureuse, ce n'est pas croyable… »

Grazzi ne pouvait plus supporter ces larmes qui coulaient en deux lignes continues sur un visage blême.

« Nous l'avons plaisantée, à cause des initiales. Et puis, vous savez comment ces choses arrivent, on en dit plus, toujours plus, on finit par se lancer à la tête des choses qui, après tout, ne regardaient qu'elle… Voilà. Ensuite, nous l'avons vue moins souvent, peut-être cinq ou six fois en deux ans. »

Grazzi dit qu'il comprenait. Il imaginait Georgette Thomas, à table, la veille de Noël, fière de sa Dauphine à initiales et à traites acceptées, tout à coup mitraillée de griefs et de sarcasmes, le dessert pris en silence, les embrassades à contrecœur avant de se séparer.

« Si on ne l'a pas tuée pour la voler, comme nous le croyons, voyez-vous quelqu'un dans ses relations qui pouvait lui en vouloir ?

— Qui ? Il n'y a personne.

— Vous parliez de ce Bob. »

La femme haussait les épaules.

« Bob est un incapable, un paresseux, comme on en voit, mais on ne l'imagine pas en train de tuer qui que ce soit. Et surtout pas Georgette.

— Son mari ?

— Jacques ? Pourquoi ? Il s'est remarié, il a un gosse, il n'en a jamais voulu à Gorgette à ce point-là. »

L'époux approuvait maintenant chaque phrase. Tout à coup, il ouvrit la bouche et dit très vite, d'une voix haut perchée, que c'était un crime de sadique.

L'homme à menottes, au fond de la salle, sans lever les yeux, se mit à rire, droit sur sa chaise, contemplant ses poignets. Il avait dû entendre, ou bien il était fou.

Grazzi se leva, dit aux Conte qu'il avait leur adresse, qu'il les reverrait sans doute avant la fin de l'enquête. Comme ils allaient vers la porte, avec des signes de tête pour saluer les deux inspecteurs qui les regardaient partir, Grazzi se souvint de l'appartement de la rue Duperré, posa une dernière question qui les immobilisa avant de sortir.

La femme répondit non, certainement non, Georgette ne voyait personne d'autre ces derniers temps que celui qu'on appelait Bob. Georgette n'était pas ce que Grazzi avait l'air de croire.

Il disait que Georgette était un cas. Il disait qu'il fallait la comprendre. De toute manière, il ne s'était jamais imaginé qu'il était le seul dans sa vie et la jalousie, Dieu merci, il n'avait pas ça dans son caractère. Si l'inspecteur allait dans ce sens-là, autant lui dire tout de suite qu'il faisait fausse route et qu'il allait se casser la tête contre un mur.

Il s'appelait vraiment Bob. C'était le prénom de sa carte d'identité. C'était Robert qui était un pseudonyme. Il disait que ses parents avaient des idées bizarres, ils s'étaient noyés tous les deux quand il avait dix ans, en faisant de la voile en Bretagne. Il avait vingt-sept ans depuis deux mois, maintenant.

Georgette était morte à trente ans. Le chagrin que lui, Bob, avait ou n'avait pas, ne regardait pas l'inspecteur. Sauf son respect, les flics le dégoûtaient ou lui donnaient envie de rire. Pour l'inspecteur, il ne savait pas encore, mais c'était plutôt la deuxième catégorie. S'imaginer que Georgette avait de l'argent, il y avait de quoi se marrer. S'imaginer que son mari était capable de monter dans un train pour assassiner quelqu'un sans faire dans ses culottes, il y avait de quoi se marrer. S'imaginer que lui, Bob, pouvait trouver la moindre excuse à un crime dit passionnel alors que c'était à peu près la seule saloperie à mériter pour de bon la guillotine, il y avait de quoi se marrer. Mais s'imaginer, encore mieux, que lui, Bob, il s'était donné le ridicule de commettre un crime de ce genre, et encore mieux, dans les secondes classes, ça c'était triste. L'inspecteur – quel était son nom ? Grazziano, oui, il y a un boxeur comme ça – Grazziano devrait chialer.

Il était venu parce que ça lui faisait mal de voir les flics toucher trop longtemps aux affaires de Georgette. Il était passé rue Duperré, la veille au soir, et il n'avait pas aimé, mais pas du tout, la manière dont on avait fouillé l'appartement. Quand on n'est pas capable de remettre les choses en place, on dérange pas.

Dépôt ou pas, il parlerait sur le ton qu'il voulait. Et si l'inspecteur était si marri, il ferait bien de l'écouter. La susceptibilité des flics, ça devrait jouer avant de choisir leur métier, mais à l'âge de l'inspecteur, ça ne faisait pas sérieux.

D'abord, on n'avait pas volé Georgette parce qu'il n'y avait rien à voler. Même un flic pouvait comprendre ça tout de suite.

Ensuite, elle était trop bien pour connaître vraiment quelqu'un d'assez moche pour la tuer. Il espérait que l'inspecteur – comment s'appelait-il, bon Dieu ? Grazziano, c'est ça, merci, – il espérait que l'inspecteur comprenait bien ce qu'il voulait dire.

Enfin, si l'on pouvait se fier à la phrase ignominieuse d'un journaliste ignominieux, il avait fallu trois minutes à Georgette pour mourir. Qu'il se mette bien dans la tête, l'inspecteur quelque chose, que c'était ça le plus grave, même si ce n'était grave que pour lui, Bob, qui ne pouvait penser à ces trois minutes sans avoir envie de faire sauter tout Paris. Parce que, pas la peine de suivre les cours du soir de la Préfecture de police pour comprendre que trois minutes, c'est un peu cher payé pour un professionnel, et que le fils de quelque chose ou la quelque chose tout court qui avait fait ça était un amateur. Et encore un amateur pas doué, la pire espèce.

S'il pouvait faire une prière, lui, Bob, qui ne croyait pas en Dieu, il prierait pour que ce fût le travail d'un professionnel, contre toute évidence, parce qu'alors le journaliste n'aurait fait que répéter une imbécillité et Georgette serait morte sans souffrir.

Et encore une chose : il avait vu sortir tout à l'heure l'Abominable et le Minable, la sœur et le beau-frère de Georgette. Alors, sauf le respect de l'inspecteur, autant éviter tout de suite aux flics des enfantillages qui coûtaient cher aux contribuables. C'étaient des affreux. Pire, des bien-intentionnés. Et bavards. Ce qu'ils disaient était aussi vrai que l'Apocalypse. Ils ne connaissaient pas Georgette. On ne connaît pas ceux qu'on n'aime pas. Quoi qu'ils aient pu dire, c'était du vent.

Voilà. Il espérait que l'inspecteur qui devait en avoir marre de répéter son nom avait pigé. Pour le reste, il était très sincèrement navré et il s'excusait, il ne se rappelait jamais le nom des gens.

Grazzi le regardait avec des yeux vides, saoul de l'entendre, un peu effaré lui-même de n'avoir pas encore appelé un agent, dans le couloir, pour emmener l'énergumène soigner sa bile au Dépôt.

Il était immense, une tête de plus que Grazzi, une tête terrible, d'une maigreur effrayante, avec quelque chose de bizarrement attachant dans les yeux, qui étaient bleus et bougeaient sans cesse.

Grazzi avait imaginé tout différemment l'amant de Georgette Thomas. Il ne savait plus comment il l'avait imaginé. Il était là. Il était mieux que le revendeur de voitures. Il irritait Grazzi, à force d'en remettre, et il lui donnait mal à la tête.

Mais la veille, au moment du meurtre, il se trouvait chez des copains à cinquante kilomètres de Paris, dans un village de Seine-et-Oise, dont les six cents habitants pouvaient confirmer ses dires : il ne passait jamais inaperçu.

Gabert téléphona à midi et quart. Il sortait de chez les Garaudy. Il était dans un tabac de la rue La Fontaine. Il avait vu la belle-fille, c'était le cas de le dire, elle était sacrément belle.

« Elle ne sait rien, n'a rien remarqué, ne peut rien dire.

— Ses descriptions concordent avec celles de Cabourg ?

— Elle n'a rien décrit du tout. Elle dit qu'elle

s'est couchée dès qu'elle a été dans le train et qu'elle s'est endormie. Elle se rappelle à peine la victime. Elle est descendue du train sitôt arrivée, parce que sa belle-mère l'attendait à la gare.

— Elle a dû remarquer les autres voyageurs… Et puis, ça ne concorde pas. Cabourg prétend que la couchette du haut est restée vide jusqu'à onze heures et demie ou minuit.

— Il s'est peut-être trompé ?

— Je l'attends. Elle a l'air de quoi ?

— Jolie, brune, longs cheveux, grands yeux bleus, petit nez retroussé juste ce qu'il faut, mince, environ 1 m 60, pas mal, quoi. Elle est embêtée, c'est certain. Elle parle à reculons, tu vois le genre. Tout ce qu'elle désire, c'est avoir la paix. Elle viendra faire sa déposition demain matin.

— Elle n'a rien remarqué de spécial durant le voyage ?

— Rien. Elle dit qu'elle ne nous sera d'aucune utilité. Elle est montée dans le train, elle s'est couchée, elle a dormi, elle est descendue du train et sa belle-mère l'attendait. C'est tout. Elle ne connaît personne, n'a rien remarqué.

— Elle est gourde ?

— Elle ne fait pas cet effet-là. Elle est embêtée, quoi. On sent qu'elle déteste être mêlée à ce genre d'histoires.

— Bon. On en reparle cet après-midi.

— Qu'est-ce que je fais ? J'ai une copine avec qui je peux déjeuner.

— Vas-y. Après, fonce à Clichy pour voir le camionneur, Rivolani. Moi, j'attends Cabourg encore un peu. Cet après-midi, on va voir l'actrice. »

À trois heures, Tarquin était dans son bureau, assis à sa table. Il n'avait pas quitté son pardessus. Il avait l'air content.

Il leva le regard vers Grazzi, jusqu'à la hauteur de la cravate, et dit alors monsieur Holmes, ça va la santé ?

Il tapait son rapport. Il était très habile à rédiger ses rapports. Envelopper, tu vois ce que je veux dire ?

Grazzi resta immobile devant la table, à attendre qu'il eût fini sa phrase, tapant des deux mains, comme une vraie dactylo. Grazzi, lui, était si embarrassé devant une machine à écrire qu'il faisait des brouillons à la main.

Le patron dit que ça marchait. Il se lança en arrière dans son fauteuil et sortit une cigarette tordue d'une poche de son pardessus. Il la redressa entre ses doigts et dit du feu, s'il te plaît, on me pique toujours mes allumettes. En aspirant la fumée, il eut un grognement satisfait, puis dit que la D.S.T. prendrait ça sur le pif dans trois jours, mercredi matin il verrait le grand patron, et après, mon bonhomme, c'est à moi de me les tourner un peu.

Comment ça marchait pour lui, Grazzi ? Il avait réfléchi à cette étranglée, le matin, dans son bain. Il allait lui faire une fleur, à lui, Grazzi. Qu'il ouvre bien ses oreilles.

Il se leva mélodramatiquement comme il le faisait toujours, et dit voilà, qu'il n'y avait pas de quoi se casser la tête. Primo, on étrangle la nana pour quelque chose qui s'est passé avant le séjour à Marseille. Secundo, pour quelque chose qui s'est passé pendant le séjour. Tertio, pour quelque chose qui s'est passé après le séjour, dans le train même. L'important, c'est le mobile, tu vas voir où ça mène.

Grazzi murmura vaguement quelque chose à propos de simple et de simpliste, mais le patron dit teu, teu, teu, si tu connais une solution sans mobile, fais-le-moi savoir, j'ai pas tellement d'instruction.

Il dit que Grazzi, qui était intelligent, l'avait déjà certainement compris, deux hypothèses sur trois ne tenaient pas. Primo et secundo, si l'enfant de garce qui avait fait ça connaissait la victime avant de monter dans le train, il n'y avait pas une chance sur dix mille pour qu'il eût choisi un endroit et un moment pareils pour lui couper le sifflet. Même complètement secoué, puisqu'il la connaissait ou qu'il s'était donné la peine de la suivre jusqu'à Paris, il aurait préféré une réunion publique à La Mutualité, devant 5 000 personnes, ou la place de la Concorde, si tu vois ce que je veux dire : c'est quand même moins passant.

Tarquin, qui tournait dans la pièce, mains dans les poches de son pardessus, sortit un index jauni par la nicotine et s'arrêta pour le planter sur la cravate de Grazzi, en la regardant fixement.

« Non, c'est dans le train que tout s'est passé, monsieur Holmes ! C'est cette nuit qu'il faut fouiller. Vendredi soir 10 h 30, samedi matin 7 h 50, on sortira pas de là. »

Il appuya trois fois son index sur la poitrine de Grazzi, scandant sa phrase :

« Unité de temps, unité de lieu, unité de ce que tu voudras, c'est du classique. Si on lui a serré le kiki dans le train, c'est qu'on la connaissait pas, qu'on pouvait pas choisir un autre endroit, qu'on était pressé, que ça s'est décidé sur le coup. »

Il ramena son index vers son propre visage, se toucha le front avec conviction.

« Fais confiance à ça. S'il y a une chose que je sais faire, c'est gamberger. »

Il y avait du nouveau ?

Grazzi dit non, pas grand-chose, qu'il avait interrogé des gens qui étaient trop loin à l'heure du meurtre pour être suspects. On vérifierait aussi l'emploi du temps de l'ex-mari, Jacques Lange, et celui d'un petit locataire de la rue Duperré, un étudiant que la victime connaissait.

On attendait un premier rapport de Marseille.

« Et les autres voyageurs du compartiment ?

— Cabourg n'est pas venu, ce matin. Mais il m'a probablement dit au téléphone tout ce qu'il savait. On en a retrouvé trois autres, une actrice, un camionneur, et l'épouse d'un type qui fait de l'électronique. Gabert est allé les voir.

— Qui il reste ?

— La couchette voisine de celle de la victime, la 223. Si Cabourg ne se trompe pas, c'est une jeune fille montée à Avignon. Elle s'appelle Bombat. Elle n'est pas sur le Bottin.

— Et la nana ? »

Grazzi dit rien pour l'instant, mais qu'il commençait à la mieux connaître. En même temps, il avait peur, parce qu'il savait que c'était faux, qu'il n'avait jamais connu personne, que ça se passait comme d'habitude, des dépositions, des visages, des théories, et rien au bout que l'assurance de ce gros homme au regard fuyant, à l'arrivisme primaire, qui se rasseyait à sa table, mains dans les poches de son pardessus.

Tarquin avait-il déjà raison ?

Sur la table, Grazzi trouvait un papier du

petit Gabert. Il y avait du nouveau à Marseille. Négatif. Un inspecteur là-bas, un Corse que Grazzi connaissait, avait reconstitué l'emploi du temps de la victime, durant les quatre jours qui précédaient sa mort. Le premier rapport, téléphoné, lui serait communiqué vers quatre heures.

Il attendit, le front contre la vitre de la fenêtre qui se trouvait derrière sa table. Sur la Seine, des rameurs passèrent, en tricot de corps rouge, soufflant douze petits nuages de buée.

Ce fut Gabert lui-même qui apporta le rapport, six pages dactylographiées en trois exemplaires. Il revenait de Clichy. Il avait vu Rivolani, sa femme, ses gosses. Il les aimait bien. Ils lui avaient offert du café, un verre d'armagnac. Ils avaient parlé de tout, même du meurtre.

« Fiche-moi la paix. Lis ça, toi aussi. Ensuite on file chez l'actrice. Puis chez Cabourg, il n'est pas venu. »

Ils lurent. Gabert mâchonnait du chewing-gum.

Georgette Thomas débarque à Marseille le mardi 1er octobre à 8 h 57. Vers neuf heures, elle arrive en taxi à l'*Hôtel des Messageries*, rue Félix-Pyat, dans le quartier de Saint-Mauront, où elle est déjà descendue lors de ses précédents voyages. C'est un quartier populaire, habité surtout par des Italiens ou des familles d'origine italienne.

De ce moment jusqu'à son départ, le vendredi soir 4 octobre, ses journées sont occupées par ses démonstrations dans une maison de coiffure du centre, chez Jacqueline d'Ars, rue de Rome. Elle quitte l'établissement vers dix-neuf heures et passe toutes ses soirées, y compris la première, en compagnie d'un nommé Pierre Becchi, steward sur le *Ville-d'Orléans*, de la Compagnie Générale Transatlantique.

Signalement de Pierre Becchi : grand, brun, élégant, d'assez forte corpulence, trente-cinq ans. Casier : deux condamnations à la prison maritime de Toulon, pour coups et blessures, durant son service militaire, rien après. Doit embarquer sur le *Ville-d'Orléans* début novembre, pour un voyage de dix semaines en Extrême-Orient. Il a connu Georgette Thomas quelques mois plus tôt, en février, au cours d'un précédent séjour de celle-ci à Marseille. Il a partagé alors sa chambre à l'*Hôtel des Messageries*. Il ne l'a pas revue depuis, n'a reçu aucune nouvelle.

Le mardi 1er octobre, dans l'après-midi, Georgette Thomas téléphone de Jacqueline d'Ars à un bar-tabac de la rue Félix-Pyat que fréquente Pierre Becchi durant les périodes où il est à terre. Comme le steward ne se trouve pas dans la salle à ce moment, elle charge M. Lambrot, le propriétaire, de lui donner rendez-vous pour le soir, vers vingt heures.

Vers vingt heures, Georgette Thomas retrouve Pierre Becchi au bar-tabac de la rue Félix-Pyat, où il joue aux cartes avec des habitués en l'attendant.

Ils dînent dans une pizzeria du boulevard National, tout proche, et rentrent ensemble à l'*Hôtel des Messageries* vers vingt-deux heures.

Les jours suivants, après sa journée de travail, Georgette Thomas retrouve son amant au même bar-tabac, à la même heure, pour dîner dans la même pizzeria, sauf le jeudi, où ils soupent après le cinéma dans un restaurant du vallon des Auffes, au bord de la mer.

Le matin, elle quitte la première l'*Hôtel des Messageries*, prend l'autobus à l'angle de la rue Félix-Pyat et du boulevard National, se rend à son travail. Elle déjeune avec les employées de Jacqueline d'Ars dans un self-service de la rue de Rome. Pierre Becchi quitte la chambre vers la fin de la matinée.

Les personnes qui, en quelques heures, ont pu être interrogées n'ont rien remarqué d'inhabituel dans le comportement de la victime.

Pierre Becchi, interrogé dans la matinée de ce dimanche, ne peut fournir aucune précision utile à l'enquête. Il n'a connu Georgette Thomas qu'une dizaine de jours en tout, cinq en février, quatre en octobre, ne sait rien de sa vie à Paris, ne lui connaissait pas d'ennemis, ignore le mobile du meurtre. Le vendredi soir, après avoir dîné rapidement avec elle à la pizzeria, il a accompagné Georgette Thomas à la gare Saint-Charles. Ils se sont quittés deux minutes avant le départ du train, à l'entrée des quais. Le lendemain, au moment où la jeune femme était étranglée à Paris, lui-même se trouvait à Marseille. Tous ses dires sont confirmés.

On continuerait à recueillir les témoignages de ceux qui avaient rencontré Georgette Thomas. S'il y avait du nouveau, d'autres rapports suivraient immédiatement.

Durant les quatre jours, il avait fait très beau à Marseille. L'inspecteur corse qui avait téléphoné disait que ça continuait.

Avant de quitter le Quai, avec Gabert, Grazzi entra dans le bureau du commissaire Tarquin, qui n'était plus là. Il déposa un exemplaire du rapport de Marseille sur la table, vit un pense-bête qui commençait par son nom :

Grazzi. Si tout s'est passé dans le train, c'est un vol. De toute manière c'est un dingue.

Grazzi pensa d'abord que le plus dingue des deux, etc., mais les découvertes péremptoires de Tarquin l'impressionnaient toujours. Il relut le papier, haussa les épaules : il n'y avait rien à voler.

Il rejoignit Gabert dans les escaliers. Les mains dans les poches de son duffle-coat, mâchant son chewing-gum, Jean-Loup écoutait les plaintes de trois inspecteurs d'un autre service avec une attention qui, de sa part, frisait l'obséquiosité ou la mise en boîte.

Quelques marches au-dessus de lui, ils s'étaient adossés tous les trois à la rampe pour lui dire depuis combien de nuits ils n'avaient pas dormi. Toute la semaine, ils avaient couru Paris aux trousses d'un gosse qu'on recherchait dans dix départements, qui s'était enfui de chez lui, ou qu'on avait enlevé, ou n'importe quoi. Maintenant, un autre service devrait s'occuper du gosse, on les avait bombardés tous les trois sur un assassinat de la nuit, un type qui s'était fait descendre dans les toilettes du Central, vous parlez d'un endroit.

Gabert comme Grazzi travaillait la veille encore, lui aussi, sur l'affaire du gosse, car il s'agissait du fils d'un conseiller municipal à Nice, et on avait mis beaucoup de monde « à la planque », à Saint-Germain-des-Prés, au Quartier latin, dans les aéroports et dans les gares. Il dit qu'en effet, c'était moche, mais qu'est-ce qu'il faut faire ? Et ils partirent tous les deux, Grazzi devant, Gabert derrière, en balançant la tête d'un air compréhensif et désolé.

Dans la 4 CV, que Grazzi conduisait, Jean-Loup sortit son jeu de patience. Ils prirent les quais de la rive gauche, direction Alma.

« Qu'est-ce que tu en penses ?

— De quoi ?

— De Marseille. »

Gabert, sans lever les yeux de son casse-tête, dit qu'il faudrait aller voir sur place, un rapport ça ne parle pas, ça bavarde.

« Mais enfin, on peut leur faire confiance, dit Grazzi. S'ils n'ont rien trouvé, c'est qu'il n'y avait rien. Le patron dit que tout s'est passé dans le train. »

En deux phrases crues, Gabert dit ce qu'il pensait du patron et ce qu'il pouvait faire de ses idées. Ils passèrent sous le tunnel, en face des Tuileries, resurgirent devant un feu rouge. Grazzi stoppa et sortit son mouchoir.

« Tu comprends ça, toi, un mec qui voit une fille tous les six mois, pour quatre nuits (il se moucha) et après on se quitte bons copains (il se moucha une seconde fois), jusqu'à la prochaine ? »

Jean-Loup dit qu'il comprenait, oui, que c'était pas compliqué. Grazzi rentra son mouchoir et passa le dos de sa main sous son nez. Il dit qu'il n'avait jamais rencontré de femme comme ça.

« Comme ça ou autrement, d'ailleurs, j'en ai jamais beaucoup rencontré. Je me suis marié à vingt ans. »

Jean-Loup lui dit raconte pas ta vie, c'est au vert. Ils repartirent. Le long de la Seine, sous la Concorde, le ciel était bas et un léger brouillard flottait sur l'eau.

« Tu les as convoqués pour quand, Rivolani et l'autre ?

– Demain matin, dit Gabert. Mais c'est râpé d'avance. La fille ne sait rien et lui pas grand-chose.

– Il se souvient des autres dans le compartiment ?

– Vaguement. Il dit qu'il a dormi. Il n'a fait attention à rien. En tout cas les descriptions concordent, sauf pour la couchette du haut, Garaudy. Lui non plus ne l'a pas vue, l'Évelyne, mais il ne sait pas si elle était déjà dans sa couchette quand il s'est endormi ou si elle est entrée après. Ça peut confirmer ce que dit la fille ou ce que dit Cabourg, au choix.

– Et elle, de quoi elle a l'air ?

– Pas d'une étrangleuse. »

Grazzi dit que Georgette Thomas n'avait pas l'air d'une femme qui rejoint un homme tous les six mois, pour quelques nuits, et qui n'y pense plus entre-temps. Et pourtant, elle l'était.

« Rien ne dit qu'elle n'y pensait plus, dit Jean-Loup. La terre a tourné depuis tes vingt ans, grand chef, mets ta montre à l'heure. »

Il était cinq heures lorsqu'ils firent claquer les portières de la voiture, devant un panneau de stationnement interdit, sous les fenêtres de l'immeuble où habitait Eliane Darrès. Au bout de la rue, qui était étroite et calme, ils voyaient un bout du Palais de Chaillot, jaune clair, accroché au ciel.

L'immeuble était cossu, l'escalier silencieux, l'ascenseur fonctionnait.

« Encore une chance », dit Grazzi.

Il se sentait las, d'une lassitude qui venait de la tête. Il ne pouvait pas se mettre dans la peau de la pauvre fille, il ne la comprenait pas, il renonçait même à essayer. Interroger les gens, prendre des notes, être une fourmi qui rentre le soir chez les siens, c'est tout. Si l'affaire traînait, d'autres fourmis se mettraient au travail. On finirait bien par déterrer quelque chose, par faire le trou.

Tandis que l'ascenseur montait, rapide, silencieux, il regardait Gabert qui ne le regardait pas, qui devait penser à autre chose, à une petite amie, à n'importe quoi, qui au fond se moquait de cette histoire. Grazzi enviait son air renfrogné, sa moue tranquille. Jean-Loup ne serait jamais une fourmi, il n'avait pas envie de déterrer quelque chose, il n'escomptait ni avancement ni considération de ses supérieurs. Il était entré dans la police trois ou quatre ans auparavant parce que, disait-il, son père était un maniaque de l'administration, un maniaque têtu, et qu'il avait la paix en obéissant. Son père devait être quelque chose dans un ministère, peut-être à l'Intérieur, et si ça se trouvait, il poussait son fils en sous-main.

En ouvrant l'ascenseur, au troisième étage, Gabert dit qu'il espérait que ça irait vite. Il avait un rendez-vous aux Champs-Élysées à huit heures, et s'il fallait passer chez Cabourg ensuite, il n'en sortirait plus.

Devant la porte à double battant, après avoir sonné, il boutonnait son duffle-coat soigneusement, lissait ses cheveux du plat de la main.

« Comment elle est ?

– Qui ?

– Ton rendez-vous de ce soir », dit Grazzi.

Jean-Loup fit bah, aussi cinglée que les autres, et la porte s'ouvrit.

Eliane Darrès portait une robe de chambre rose, des mules roses à fourrure blanche. Grazzi ne croyait pas la connaître parce que son nom ne lui était pas familier, mais il la reconnut aussitôt pour l'avoir vue dans une dizaine de films, cantonnée dans de petits rôles, toujours semblables, et qui devaient pour la plupart être muets car sa voix le surprit.

Une voix haut perchée, maniérée, d'un enjouement déplaisant, la voix d'une femme qui n'a pas grand-chose à faire de ses journées, pas de bonne pour ouvrir sa porte, mais qui se croit obligée de dire qu'elle a un rendez-vous dans dix minutes et qu'on ne peut plus, de nos jours, tenir les domestiques à la maison.

Elle les précéda dans un vestibule peint en rose, vers une pièce rose où les lampes, sur des tables basses, étaient allumées. Elle avait de longs cheveux décolorés qu'elle roulait en un lourd chignon sur la nuque, et quand elle se retourna pour leur montrer des fauteuils, son visage étroit, aux grands yeux sombres, était celui d'une femme de quarante-cinq ans qui se vieillit à vouloir paraître plus jeune et dont les fards abîment la peau.

Couchette 222

Éliane Darrès, qui avait failli perdre une mule en entrant dans le salon, n'eut pas le temps de masquer le mauvais fauteuil, celui qui grinçait parce qu'un pied s'était décollé.

L'inspecteur qui se nommait Gracio ou Gracino s'y installa en déboutonnant son pardessus. Son compagnon, le plus jeune, alla s'asseoir sur le canapé, l'œil indifférent, et sortit tranquillement un jeu de patience de sa poche.

Elle entendit ensemble les premiers grincements du fauteuil et les déclics métalliques du jouet. Le petit inspecteur blond ne l'avait sans doute même pas regardée.

Elle connaissait ce genre d'énergumènes qui entrent partout comme chez eux, croisent les jambes, acceptent un verre sans dire merci. Généralement, ils restent étudiants des années, étudiants en quelque chose, le Droit, les Langues orientales. Ils sont calmes, jolis, impolis, taciturnes, ils plaisent aux femmes sans même les regarder, ils font l'amour une fois pour vous faire perdre la tête, puis ils prétextent la fatigue des cours, qu'il n'y a pas que ça qui compte, que ce sera différent après leurs examens, et quelquefois ils vous embrassent, très vite, avec des lèvres indifférentes et mouillées, comme les enfants, ou ils posent un index sur votre genou quand vous revenez de chez le coiffeur, en disant quelque chose de gentil, et puis c'est tout, ils vous rendent folle.

Celui-là était inspecteur, n'avait pas l'air d'un inspecteur, gardait les yeux baissés sur son jeu de patience, et la vitesse à laquelle il changeait les chiffres de place était agaçante et fascinante comme un écran de télévision qu'on ne veut pas regarder.

« Nous ne vous retiendrons pas très longtemps, dit celui qui s'appelait Gracio ou Gracino. Nous avons déjà pu interroger trois autres voyageurs de votre compartiment. Malheureusement, et on le comprend, leurs témoignages ne concordent pas toujours. Dans un train de nuit, on pense surtout à dormir, chacun ne remarque pas les mêmes détails. »

Elle dit que c'était vrai, en s'asseyant sur le bon fauteuil en face de lui, les jambes repliées de côté, arrangeant soigneusement sa robe de chambre sur ses genoux.

« Je vois que vous portez une alliance, dit le

grand inspecteur au visage osseux. Vous êtes mariée ?

– Je l'ai été. J'ai perdu mon mari il y a plusieurs années. »

Il sortait un petit carnet rouge de la poche de son pardessus, l'ouvrait à la page où était son crayon, commençait à prendre des notes comme dans les films. Il demandait si ce serait indiscret de lui poser d'abord quelques questions personnelles, pour savoir qui elle était.

Il écrivit qu'elle était comédienne, veuve depuis huit ans, que son vrai nom était Dartetidès, qu'elle avait quarante-sept ans, qu'elle venait de séjourner une semaine à Aix-en-Provence pour le tournage d'un film.

Elle espéra un instant qu'il ne lui demanderait pas si elle était rentrée à Paris aussitôt qu'on l'avait libérée, mais il y pensa. Elle savait qu'on vérifierait facilement ses dires à la production et elle dut avouer qu'on n'avait eu besoin d'elle que trois après-midi, qu'elle était restée quelques jours de plus à Marseille en pensant trouver un emploi dans un autre film. Elle dit que c'était une habitude courante chez les comédiens, même les plus en vue, d'essayer de faire d'une pierre deux coups lorsqu'ils sont en extérieurs.

Il y eut un silence, puis le grand inspecteur maigre dit sans conviction qu'il comprenait.

« Vous avez retenu votre couchette, la 222, le jeudi 3 octobre, c'est bien ça ?

– C'était la couchette du bas, à droite, dans le compartiment. Quand je suis montée dans le train, il y avait déjà deux autres voyageurs. »

Marseille. Les rues de Marseille, à dix heures du soir. Le petit bar du boulevard d'Athènes, en bas des grands escaliers de la gare Saint-Charles, où elle s'était fait servir un thé et des gâteaux secs. Les lumières et les bruits sur les quais. Le poids de sa valise.

Quand elle était entrée dans le compartiment, presque en même temps que l'homme à la veste de cuir, l'autre rangeait ses bagages, et il était monté avec ses chaussures sur la couchette du bas. Elle n'avait pas osé faire la remarque, elle n'osait jamais. Il l'avait d'ailleurs aidée, ensuite, à ranger sa propre valise.

Elle était ennuyée qu'il y eût des hommes dans le compartiment. Elle avait même calculé vaguement ce que lui coûterait un supplément pour prendre une couchette de première. Elle espérait aussi qu'il y aurait d'autres femmes. Mais il ne venait personne. Elle se revoyait, assise de travers sur sa couchette, penchée en avant, car il y avait très peu de place au-dessus de sa tête, faisant semblant de chercher quelque chose dans son sac à main, attendant que le train parte, que les couloirs se vident, que cessent les comédies des adieux.

« La victime est donc arrivée dans le compartiment après vous ?

– C'est-à-dire une femme, que je pense être la victime, est montée juste avant le départ du train. Une autre, une jeune fille est montée dans la nuit, à Avignon. »

La veille, *Chez André*, après le coup de téléphone de la police, elle était revenue vers la table où ses amis en étaient déjà au dessert. Ils n'en croyaient pas leurs oreilles, quelqu'un avait couru dans la rue François-Ier chercher *France-Soir*. Ils étaient sept ou huit, dont une apprentie femme fatale aux yeux clairs qui avait enregistré l'après-midi le commentaire d'un court-métrage sur Madagascar, et ils s'étaient tous penchés sur le journal étalé en travers de la table. Aux tables voisines, on tendait le cou.

« La victime était une femme brune, vêtue d'un tailleur sombre, dit l'inspecteur Gracio, ou Gracino.

– C'est elle. J'ai vu la photo, hier soir, et je la revois très bien. C'est horrible même, la netteté du souvenir que j'ai gardé d'elle. Je n'ai pas cessé d'y penser de la nuit.

– L'aviez-vous rencontrée avant de la voir dans le train ? Son nom est Georgette Thomas.

– Non, jamais.

– Vous en êtes sûre ?

– Absolument. Elle avait la couchette au-dessus de la mienne.

– Vous lui avez parlé ?

— Oui. Enfin, vous savez, ce genre de conversation qu'on a dans les trains. Elle m'a dit qu'elle habitait Paris, qu'elle s'occupait de parfums, je crois. Elle a reconnu celui que je porte et nous avons bavardé quelques minutes.

— C'était au départ du train ?

— Non, plus tard.

— Essayez de nous raconter votre voyage aussi précisément que possible, à partir du moment où vous êtes entrée dans le compartiment. »

Elle fit oui de la tête, regarda l'autre inspecteur, le blond qui ne levait pas les yeux. Elle se demandait si elle devait leur offrir une tasse de café, un verre de porto, ou si au contraire il leur était interdit d'accepter ce genre d'invitation durant leur service.

« Quand je suis entrée dans le compartiment, deux hommes s'y trouvaient déjà. L'un occupait la couchette supérieure, à droite en entrant. Il avait l'air d'un fonctionnaire, à cause de son air sérieux, un peu triste. Enfin, je ne sais pas pourquoi je dis ça. Il m'a fait l'effet d'un fonctionnaire. Peut-être à cause de son complet, qui était vieux, étriqué… Je ne sais pas. »

Elle ne pouvait s'empêcher de regarder le pardessus bleu sombre de l'inspecteur assis en face d'elle, un pardessus trop étroit, élimé aux manches. Lui aussi était fonctionnaire, une sorte de fonctionnaire. Il n'écrivait pas dans son petit carnet. Il la regardait s'embourber.

Elle savait pourtant ce qu'il lui faudrait dire. Elle n'avait guère dormi, et toute la matinée, dans la cuisine, elle avait pensé à ce voyage, préparé les mots dont elle aurait besoin pour le décrire.

« Il y a une chose importante, dit-elle brusquement. Il s'est disputé avec la victime. »

Les déclics métalliques s'arrêtèrent. Elle dut à nouveau tourner les yeux. Elle rencontra le regard indifférent du petit blond, tandis qu'il demandait :

« Qui ? Le fonctionnaire ?

– Il s'appelle Cabourg, dit l'inspecteur au visage osseux. Qu'entendez-vous par "disputer" ? Il connaissait la victime, lui ? »

Elle dit non, qu'elle n'avait pas l'impression.

« Je ne sais plus à quel moment, je lisais un magazine, elle a voulu descendre sa valise pour y prendre quelque chose. C'est celui qui avait l'air d'un fonctionnaire, ce Cabourg, qui l'a aidée. Ensuite, ils ont bavardé un moment dans le couloir, comme deux personnes qui viennent de faire connaissance. Je ne crois pas qu'ils se connaissaient, car j'ai entendu le début de leur conversation. C'est difficile à expliquer.

– Je comprends, dit l'inspecteur Gracio ou Gracino. C'est ensuite qu'ils se sont disputés ? Pourquoi ? »

Elle soutint son regard quelques secondes. Il avait des yeux clairs, attentifs, un visage blême et tourmenté. Elle dit que ce n'était pas difficile à deviner. Cela doit arriver souvent dans les trains.

Elle sentait aussi le regard du jeune homme blond posé sur elle, un regard qui devait être ennuyé, lourd, peut-être un peu ironique. Il avait sans doute déjà deviné, lui, et il devait penser qu'elle avait pris plaisir à cette querelle, qu'elle était jalouse, qu'elle enviait la jeune femme brune à qui on faisait la cour dans les couloirs de trains, des idioties.

« Après avoir bavardé un moment avec elle, dans le couloir, l'homme a dû s'enhardir, avoir une parole, un geste déplacé... C'est ce que j'ai compris. Déjà, dans le compartiment, il la regardait d'un drôle d'air... Enfin, les femmes comprennent ça. Ils ont eu une dispute. C'est elle qui parlait. Elle parlait fort. La porte du compartiment était fermée, je n'ai pas entendu les mots, mais on ne pouvait pas se méprendre au son de sa voix. Un moment après, elle est rentrée, seule, et elle s'est couchée. Lui est rentré beaucoup plus tard.

— Il était quelle heure environ ?

— Je ne sais pas. Quand je suis allée me changer, pour la nuit, aux toilettes, j'ai regardé l'heure : il était 11 h 30. La dispute a probablement eu lieu une heure plus tard.

— Vous rappelez-vous si c'est avant ou après le contrôle des billets ?

— C'était après, j'en suis sûre. Il y avait une autre voyageuse dans le compartiment, à ce moment. Celle d'Avignon. Une jeune fille blonde, assez jolie, qui portait une robe claire et un manteau bleu. Elle devait lire, car sa lumière était la seule allumée quand les contrôleurs ont ouvert la porte et nous ont demandé nos billets. Vous savez, il y a des petites ampoules électriques à chaque couchette.

— C'était donc après minuit ?

— Certainement.

— Que s'est-il passé ensuite ?

— Rien, elle s'est couchée. Plus tard, j'ai entendu l'homme qui rentrait et qui montait s'étendre sur sa couchette. L'autre homme, qui était sur la couchette du bas, à gauche, avait lui aussi éteint sa lumière depuis longtemps. Je me suis endormie.

— Vous ne vous rappelez rien d'autre au sujet de cette dispute ?

— Non, je crois que je vous ai tout dit.

— Avez-vous l'impression que Cabourg lui en voulait ? »

Elle se rappelait l'homme au complet étriqué, le matin, à l'arrivée, ses yeux fuyants, son visage crispé, cette voix soumise qu'il avait eue, sur la porte du compartiment, pour lui demander pardon de la déranger. Les déclics métalliques avaient repris. Elle dit non, qu'elle n'avait pas l'impression.

« À l'arrivée, il a quitté le train tout de suite, sans lui adresser la parole ni la regarder. On sentait qu'il avait honte, surtout devant les autres, et qu'il voulait nous quitter au plus vite.

– Et elle ?

– C'était différent. Elle n'était ni pressée ni honteuse. Elle n'y pensait plus, ou elle voulait donner l'impression qu'elle n'y pensait plus. Elle a bavardé avec moi, avec la jeune fille d'Avignon. L'homme en veste de cuir est descendu à son tour, en disant au revoir. Avec le bonsoir de la veille, en arrivant, c'est je crois le seul mot qu'il a prononcé de tout le voyage.

– Cabourg est donc descendu en premier. Ensuite l'autre homme, qui s'appelle Rivolani. C'est bien ça ? »

Eliane Darrès fit non de la tête, dit que Cabourg n'était pas descendu en premier, mais après le jeune homme de la couchette du haut. Le petit blond arrêta brusquement les déclics de son casse-tête, l'inspecteur osseux, du bout de son crayon, se donna trois petits coups sur les lèvres.

« Un jeune homme ? dit Gracio ou Gracino. Pourquoi un jeune homme ? De quelle couchette parlez-vous ?

— Celle du haut, à gauche. Le jeune homme, enfin…

— Quel jeune homme ? »

Elle ne comprenait pas, les regardait tour à tour. L'œil du petit blond était vide d'expression, celui de l'inspecteur au visage blême chargé d'incrédulité.

Ce fut le second qui lui expliqua qu'on avait retrouvé l'occupant de la couchette du haut. Il s'agissait en réalité d'une femme, nommée Garaudy. Il la dévisageait, en parlant, avec une attention ennuyée, presque de la déception : il pensait qu'elle se trompait, qu'alors elle s'était peut-être trompée sur tout le reste, qu'on devait se méfier de son témoignage. Une comédienne sans emploi, déjà vieillie, un peu mégalomane, un peu bavarde.

« Comment était ce jeune homme ? demanda-t-il.

— Assez grand, mince. Pour tout vous dire, je ne l'ai pas vraiment vu… »

Il y eut un soupir bref, insolent, du petit inspecteur en duffle-coat, un cillement d'yeux et une moue déçue de son compagnon. Elle regardait ce dernier, parce qu'elle n'eût pas supporté, sans perdre pied, le regard de l'autre.

« Écoutez-moi, monsieur Gracino, vous n'avez pas l'air de me croire, mais je sais…

— Grazziano, dit l'inspecteur.

— Excusez-moi — Grazziano. Si je dis que je ne l'ai pas vu, c'est qu'il est entré dans le compartiment très tard, quand tout était éteint. Il n'a pas allumé pour se coucher.

— Vous avez dit aussi que vous dormiez. »

C'était le petit blond qui parlait. Elle se tourna vers lui, qui ne la regardait pas, qui avait repris son casse-tête, qu'elle détestait, qui avait une jolie bouche d'enfant sournois, qu'elle aurait battu, qu'elle aurait voulu battre, qu'elle aurait reconnu tout de suite en embrassant sa jolie bouche indifférente, parce qu'elle les connaissait trop bien, ces énergumènes, elles les connaissait trop bien, ils avaient tous le même goût.

« Je dormais, dit-elle sans pouvoir empêcher sa voix de dérailler. Mais il a dû faire un faux pas dans le noir, surtout qu'il n'y avait pas beaucoup de place, avec toutes ces affaires au milieu… ça m'a réveillée. »

Elle pensait : je sais ce que je dis, je sais ce que je sais, il est à moitié tombé sur moi en passant, je les reconnais entre mille, je les reconnais dans le noir, ils ont une jolie bouche mouillée, indifférente comme celles des enfants, ils sont encore presque des enfants, ils sont délicieux et méchants, je les déteste.

« C'était une femme, dit Gracio (non, Grazziano, il va me dire que je me suis trompée, que je suis folle). Vous vous êtes trompée, voilà tout. »

Elle fit non de la tête, ne sachant avec quels mots répondre, pensant : je ne me trompe pas, je ne l'ai pas vu mais je sais, il était exactement comme ils sont tous, comme votre petit copain qui n'a pas l'air d'un inspecteur, comme le petit étudiant du café en face le cinéma Danton, il y a un an, comme ces acteurs qu'on place devant une caméra pour la première fois et qui se moquent encore de lui tourner le dos. Tranquilles, indifférents, avec quelque chose qui vous rend folle, d'avoir la peau si douce, d'être si jeune, d'entrer dans un compartiment de train en réveillant tout le monde, en touchant tout le monde, sans dire pardon, comme ça. Il n'avait pas dit pardon, il avait dit merde, qu'est-ce que je fabrique, il s'était à moitié affalé sur elle, il devait être grand, et maigre, et maladroit de son corps comme ils le sont tous, et il était monté sur les couchettes de l'autre côté. Il avait ri en dérangeant la jeune fille d'Avignon, et elle avait ri aussi, comme ça, dans le noir, à une heure ou deux du matin.

« J'ai entendu sa voix, dit-elle. Il a bavardé longtemps, une fois couché, avec la jeune fille d'en dessous. Je peux vous assurer que c'était un garçon, un très jeune garçon. Je ne sais pas comment vous expliquer mais je le sais… »

Celui qui se nommait Grazziano se leva, fermant son carnet à reliure spirale, laissant son crayon entre les pages. Pourquoi ce carnet ? Il n'y notait presque rien. Debout devant elle, il lui paraissait encore plus grand, plus osseux, une immense carcasse dans un pardessus élimé aux manches, avec un visage blême et tourmenté de Pierrot.

« Un autre témoin, Cabourg précisément, a aussi entendu cette jeune femme bavarder avec la petite d'en dessous. Sur la voix, vous avez pu vous tromper. »

Il parlait d'un ton monocorde et las, moins pour la convaincre que pour mettre un point final à la question et pouvoir passer à autre chose.

« De toute manière, nous l'avons retrouvée. »

Elle fit à nouveau non de la tête, regardant le petit blond qui ne la regardait pas, dit peut-être, je ne sais pas, j'avais pourtant bien l'impression. Elle pensait en même temps : je ne me trompe pas, je ne peux pas me tromper, une femme ne dit pas merde quand elle vous tombe dessus et vous réveille, il faudrait que je puisse leur expliquer.

Il aurait fallu expliquer tant de choses qu'elle se contenta de continuer à balancer la tête, obstinée, regard levé vers l'inspecteur aux pommettes saillantes. Elle revoyait le couloir encombré de voyageurs, au départ, un garçon d'une quinzaine d'années, blond, triste, qui se tenait près du compartiment et qui s'était effacé pour lui laisser le passage. Ce n'était sans doute pas le même, mais le garçon blond, aux yeux très noirs, au complet de confection en tweed gris, restait lié à l'incident de la nuit, à la voix qui chuchotait sur la couchette du haut, qui disait des choses dont la jeune fille d'Avignon était la seule à rire, d'un petit rire étouffé, irritant comme le casse-tête de l'inspecteur en duffle-coat.

« Quand vous vous êtes réveillée, le matin, l'occupante de la couchette du haut n'était plus dans le compartiment ? »

Elle dit non, alors qu'elle balançait encore la tête pour dire non, je ne me trompe pas, je ne comprends pas, je pourrais vous expliquer mais il faudrait vous parler d'un garçon qui posait un index sur mon genou quand je revenais de chez le coiffeur, qui m'avait embrassée dès notre première rencontre dans un café en face le cinéma Danton, vous parler de choses qui m'ont fait du mal et que vous trouveriez laides, je ne peux pas.

« Je ne l'ai pas vue. Je suis allée m'habiller aux toilettes, vers six ou sept heures, je ne sais plus. Quand je suis revenue, en tout cas, elle n'était pas dans le compartiment. Cette femme qu'on a étranglée était encore sur sa couchette, elle m'a souri quand je me suis penchée pour mettre mon pyjama et ma robe de chambre dans ma valise. La jeune fille d'Avignon passait sa robe, qu'elle avait dû ôter dans le noir. Je me le rappelle, car nous avons plaisanté. Elle avait du mal à la passer sous sa couverture, allongée sur le dos. À la fin, elle s'est soulevée un peu, en disant tant pis, qu'après tout les hommes dormaient. »

L'homme à la veste de cuir ronflait même, très fort, avec un visage douloureux, gorgé de fatigue. Elle avait vu à ses mains qu'il devait être docker, ou mécanicien, quelque chose comme ça. Sa valise, debout sur la couchette, à ses pieds, était en carton bouilli, d'un bleu passé, usée aux coins. Cabourg ne bougeait pas, et elle avait pensé : il doit regarder la petite aux épaules nues qui s'habille, et peut-être s'en doute-t-elle, la vicieuse. Des choses laides, fausses comme tout ce qui est laid. Le pauvre garçon devait penser à tout autre chose, elle s'en était rendu compte lorsqu'il était descendu, les traits défaits, avec cette soumission écœurante dans les yeux.

« Quelqu'un est venu vous attendre à la gare ?

— Non. Pourquoi ?

— Pour rien. »

Il était immense, il rentrait dans sa poche de pardessus son carnet rouge. Elle ajouta bêtement, en continuant de le regarder :

« Si je peux me permettre de vous donner mon impression, aucun de ceux que j'ai rencontrés dans le compartiment n'a pu commettre cette horrible chose, je le dis par instinct. »

Le grand inspecteur hocha la tête, probablement un peu gêné, dit merci et regarda le petit blond qui se levait, l'esprit ailleurs, les yeux ailleurs, arrangeant son écharpe écossaise dans son duffle-coat.

Elle les raccompagna dans le vestibule, marchant derrière eux.

« Pourriez-vous passer chez nous, demain, au quai des Orfèvres ? » demanda celui qui portait un nom en O qu'elle écorcherait encore si elle le prononçait.

Il lui donna rendez-vous à dix heures, bureau 303, troisième étage. Il lui dit qu'elle se rappellerait peut-être, d'ici là, d'autres détails, que lui-même allait réfléchir à ce qu'elle avait dit, qu'elle ferait une déposition, et puis voilà, elle refermait la porte, s'y adossait, blessée, furieuse contre elle-même, ils étaient partis.

Trois minutes plus tard, on sonnait de nouveau. Elle était revenue vers le salon, n'avait pas eu le courage de se rasseoir dans le même fauteuil parce que ça ravivait sa déception, s'était allongée sur le canapé, un bras sur les yeux. Elle se leva en devinant déjà que c'était le petit inspecteur, elle ne savait pas pourquoi, mais elle le sut aussitôt, quand sa main rencontra sur le canapé le casse-tête qu'il avait oublié.

Une plaque métallique, trois dizaines de numéros dessus, noirs sur fond rouge, des petits carrés qu'on déplaçait pour les remettre dans l'ordre, un jouet.

Elle faillit à nouveau perdre une mule en passant dans le vestibule, se regarda dans la sorcière près de la porte avant d'ouvrir. Tout près, dans la glace convexe, son visage était celui d'une surveillante qu'elle avait eue, en pension, vingt-cinq ans plus tôt, ridicule, avec de gros yeux noirs, un large front sans cheveux, un nez qui n'en finissait pas. Un peu, se dit-elle, le visage de Cabourg.

L'inspecteur blond, en duffle-coat, écharpe bien croisée, avait un beau sourire impertinent, comme ils l'ont tous quand ils ont besoin de vous. Il dit qu'il avait oublié quelque chose, il entra d'autorité.

Elle referma la porte et le suivit vers le salon. Il alla droit vers le canapé, chercha son jeu de patience en pliant le dos.

« C'est moi qui l'ai. »

Elle lui montrait la plaque métallique, sans ouvrir la main. Il vint vers elle, et comme elle ne le lui donnait pas, bras replié contre sa poitrine, il la regarda tranquillement, avec cette fausse innocence qu'ils ont tous, et dit excusez-moi, je l'avais oublié. Il tendit la main, et elle se dit : je ne dois pas l'empêcher de le prendre, c'est un inspecteur de police, tu es folle. Elle écarta le bras, avec un sourire bête, qu'elle savait bête, puis brusquement, elle lui rendit le jouet. Elle sentait sa main, qui était chaude, et il continua de la regarder, du même regard indifférent, sans sourire.

« Il y a aussi une question que nous avons oublié de vous poser. »

Elle dut reculer un peu, car il se tenait tout près, rentrant la plaque dans sa poche, guère plus grand qu'elle.

« Quand vous avez quitté le compartiment, la victime devait se préparer à sortir ?

– Je ne sais pas. Je présume, oui. Je leur ai dit au revoir à toutes les deux, à elle et à la jeune fille d'Avignon. Je pense qu'elles se préparaient à descendre du train.

– Il y avait beaucoup de monde dans les couloirs ? »

Il avait une voix aiguë, moins belle que celle de l'autre inspecteur qui devait l'attendre en bas, dans une voiture.

« Il y avait du monde, oui. Mais je ne suis pas descendue dans les premiers, je déteste les bousculades.

– Vous n'avez rien remarqué en descendant qui puisse être lié au meurtre ? »

Elle dit qu'elle y réfléchirait, qu'elle n'avait pas fait très attention. Elle ne pouvait pas prévoir, bien sûr, qu'on étranglerait une femme dans le compartiment qu'elle quittait, et qu'un jeune inspecteur viendrait lui demander des comptes.

Il sourit, dit évidemment, passa devant elle pour revenir dans le vestibule. Devant la sorcière, accrochée au mur près de la porte, il s'arrêta, se regarda et dit c'est drôle, ces trucs, on en a une tête.

Il mit la main à plat sur la poche qui renfermait son jeu de patience. Il dit qu'il oubliait toujours tout, partout. Il lui demanda si elle était comme lui.

« Non, je ne crois pas. »

Il hocha la tête, dit voilà, peut-être à demain, si je suis là quand vous viendrez.

« Je n'ai pas l'impression de vous avoir été très utile, tout à l'heure. »

Il dit mais si, mais si. Il ouvrait lui-même la porte.

« Toute cette histoire, avec Cabourg, c'est quand même du nouveau. C'est chez lui qu'on va maintenant. On verra bien s'il essaie de nous cacher quelque chose.

– Vous le soupçonnez ?

– Qui ? dit-il. Moi ? Je ne soupçonne personne. Pour vous dire la vérité, je suis un très mauvais flic, je déteste soupçonner les gens. Je préfère les condamner en bloc. Il n'y a pas d'innocent. Vous croyez à l'innocence, vous ? »

Elle rit, stupide, se sachant stupide devant ce garçon qui disait n'importe quoi, qui n'avait pas l'air d'un inspecteur, qui se moquait d'elle.

« Vous croyez que c'est innocent, dit-il, d'aider quelqu'un à descendre sa valise, quand on veut peloter ensuite ce quelqu'un dans le couloir ? »

Il fit non de la tête, avec cette moue boudeuse qu'elle connaissait bien, déjà, et dit au fait, pourquoi a-t-elle voulu descendre sa valise ?

« Qu'est-ce qu'elle voulait y prendre ? »

Elle essayait de se rappeler, elle revoyait la jeune femme brune, sa jupe qui remontait quand elle avait posé un pied sur la couchette, le regard de ce Cabourg.

« De l'aspirine, je crois, ou des cachets pour le voyage. Je pense que c'était son aspirine. »

Il dit oui, que c'était sans importance, mais que de toute manière personne n'est innocent, ou alors il faut être très jeune, après c'est moche.

Elle se tenait debout dans l'encadrement de la porte, bras ballants comme une idiote. Il la laissa là, en levant un peu la main, très vite, pour dire au revoir, et elle ne pensa pas à rentrer, à refermer avant qu'il soit parti. Elle le regarda disparaître dans l'escalier avec des yeux qui devaient être ceux d'une bonniche qu'on lève dans un bal, idiote.

Elle dîna le soir à la table de la cuisine, devant un livre ouvert qu'elle tenait d'une main contre la bouteille d'eau minérale, lisant la même page dix fois, sans que les mots puissent chasser l'image de l'étranglée du train.

Les cheveux très noirs, les yeux très bleus, mince et longue dans son tailleur bien coupé. Un sourire qu'elle décochait brusquement et qui surprenait, appuyé, attentif. Georgette Thomas souriait souvent, elle avait beaucoup souri durant le voyage. Elle était entrée, embarrassée par sa valise : elle souriait, je vous demande pardon. Elle avait refusé une pastille qu'on lui offrait : elle souriait, vous êtes gentille. Elle avait elle-même offert une cigarette à ce Cabourg : elle souriait, je vous en prie. Et au matin, en se penchant sur sa couchette, la femme de quarante-sept ans qui avait mal dormi, qui avait froid, qui ne pouvait pas supporter l'idée de recommencer à s'alimenter seule devant la table de cuisine, devant un livre ouvert qu'elle tiendrait d'une main contre la bouteille d'eau minérale, avait reçu à nouveau ce sourire décoché net, inattendu, et qui disait bonjour, vous, on est quand même arrivé.

La pauvre fille ne savait pas qu'elle allait mourir, l'idée ne l'effleurait même pas qu'elle était arrivée pour tout de bon. J'aurais dû dire ça, tout à l'heure, à ces inspecteurs.

Ils avaient écrit, dans le journal sur lequel ils s'étaient tous penchés la veille, que ce n'était pas un règlement de comptes, que ce n'était pas pour la voler. Qu'est-ce qu'elle avait pensé pendant tout ce temps où on la tuait ? Qu'est-ce qu'on pense quand on vous tue ?

Eliane Darrès fit sa vaisselle, une assiette, un couvert, un verre, le plat où elle avait fait cuire ses œufs. Elle resta un long moment dans le vestibule, debout, entre sa chambre et la porte de l'appartement, entre le sommeil et n'importe quoi qui était encore mieux que de rester seule.

Elle se dit : j'ai encore le temps d'aller dans un cinéma du quartier. Elle allait au cinéma presque tous les soirs, et elle prétendait devant les autres que c'était par souci professionnel, qu'en fait elle détestait ça, qu'elle devait faire des prodiges pour trouver les deux heures nécessaires. Elle revoyait parfois les mêmes films, parce qu'elle n'avait pas la mémoire des titres et que les photos, à l'entrée des cinémas, sont des mensonges. Ça n'avait d'ailleurs pas d'importance. N'importe quoi. Elle s'achetait des bonbons à la menthe à l'entracte. N'importe quoi.

Le lendemain, elle se trouva belle et reposée dans la glace de sa coiffeuse. Il y avait un beau soleil dehors, au-dessus du Trocadéro. En s'habillant, elle voyait, à travers les vitres de sa chambre, un ciel tranquille, elle prenait des résolutions tranquilles.

On avait tué une femme qu'elle ne connaissait pas, c'était triste et c'était tout. Elle allait prendre ça comme c'était. Elle dirait ce qu'elle avait à dire, elle ne s'occuperait plus de l'impression qu'elle leur faisait.

D'abord, elle ne se trompait pas, elle ne pouvait pas se tromper au sujet de ce jeune garçon sur la couchette du haut. Ce que cela signifiait, c'était leur affaire, mais la voix qu'elle avait entendue, la présence qu'elle avait devinée dans le noir étaient celles d'un garçon, pas d'une femme. S'ils ne voulaient pas la croire, tant pis.

Ensuite, elle leur expliquerait que Georgette Thomas n'avait aucune raison d'être inquiète, que du moins elle ignorait qu'on allait la tuer. On aurait pu étrangler la petite d'Avignon, c'eût été aussi inattendu, aussi incroyable. Elle essaierait de leur expliquer un sourire, c'était important.

Elle essaierait peut-être aussi de leur expliquer un regard, celui de ce Cabourg, quand la jeune femme brune avait posé le pied sur la couchette du bas, pour prendre sa valise, et que le mouvement avait fait remonter sa jupe.

Si l'inspecteur blond était là, il aurait à nouveau un soupir bref, insolent, l'air de dire : je vois quelle femme vous êtes, je vois dans quelle catégorie de punaises vous classer. Il jugerait qu'elle voyait le mal partout, parce qu'elle n'arrêtait pas elle-même d'y penser.

Qu'avait-il dit, qui était stupide ? Qu'on est tous coupables.

Le tort qu'elle avait, c'était de toujours penser qu'on allait lui reprocher quelque chose. Elle savait bien quoi et qu'en outre c'était faux. La femme qui se raccroche à sa jeunesse en se payant du bon temps. Cette misère qu'on appelle le péché. L'ogresse du retour d'âge. Le démon de midi et quart. Elle avait été mariée vingt ans, avec un homme qu'elle n'avait jamais trompé, qui avait toujours vécu malade, qui était à peine moins présent, maintenant, dans son cadre sur la commode de la chambre.

Elle regarda la photo, en ouvrant la commode, pour y prendre ses gants, son sac à main. Il avait été gazé en 1914. Il était doux, gentil, il était le seul être qui ne lui donnât pas envie de se cacher, et il avait si mal, à la fin, qu'elle l'avait vu mourir avec soulagement.

Le péché. Elle avait eu deux amants, l'un avant son mariage, à dix-huit ans, pendant les vacances où elle se préparait à échouer à son second bachot, l'autre après, l'année précédente, et elle se demandait encore, pour l'un comme pour l'autre, comment c'était possible.

Elle ne gardait plus aucun souvenir du premier, ne savait plus son nom, ne se rappelait plus s'il était beau ou laid, ni rien, sinon qu'elle avait peur que quelqu'un vienne, et lui aussi sans doute, car il ne l'avait pas déshabillée, il avait juste rabattu ses jupes sur un bord de lit.

Quand on parlait devant elle des jeunes filles, même maintenant, elle était mal à l'aise, non parce qu'elle s'en voulait, comme d'une faute grave, mais précisément parce qu'elle n'avait aucun souvenir. C'était quelque chose de hâtif, de laborieux et d'un peu malpropre. Et la petite idiote qui s'était laissé faire, le sang à la tête, à moitié hors du lit, était quelqu'un d'autre.

Dans le vestibule, en sortant, elle se vit dans la sorcière, pensant à une surveillante de pension, à une petite idiote aux jupes retroussées, à la femme qui presque vingt ans plus tard s'était laissé embrasser dans un bistrot qui sentait les frites et le vin rouge, en face le cinéma Danton.

C'était étrange quand on y pensait : elle avait eu, à vingt ans d'intervalle, deux amants du même âge, comme si c'était le même, comme si le premier n'avait pas vieilli. Il devait lui aussi préparer des examens qui n'en finissaient pas, fréquenter un bistrot où il jouait au billard comme l'autre jouait à la machine à sous.

L'ascenseur s'arrêta entre deux étages, elle dut appuyer sur un tas de boutons, monter, descendre, avant de repartir pour de bon. Comme elle descendait, l'ascenseur s'arrêta encore. Elle se dit : c'est un imbécile ou un mauvais plaisant qui ouvre une porte grillagée, là-haut, il va finir par tout détraquer, il faudra que je crie pour appeler le concierge. Elle n'aimait pas le concierge, qui ne disait jamais ni bonjour ni bonsoir, et qui portait constamment des vêtements sales.

Elle appuya sur le bouton du dernier étage, le cinquième, monta, s'arrêta au quatrième sans comprendre pourquoi, essaya encore plusieurs boutons.

C'était bizarre d'avoir pensé justement à Éric, avant que ça arrive. Un soir qu'il attendait sur le palier, il avait fait ça : il avait ouvert la porte grillagée de l'étage pendant qu'elle montait. Elle avait essayé tous les boutons, et il l'avait obligée à monter et descendre jusqu'à ce qu'elle crie. Comme ça, pour s'amuser, parce qu'il avait vingt ans, ou dix-neuf, une jolie bouche sournoise comme ils l'ont tous, parce qu'il l'avait déshabillée, lui, en prenant tout son temps, dans le grand lit où elle dormait seule, parce qu'ils vous rendent folle et qu'ils le savent.

Elle avait pleuré, en sortant de la cage, et il avait dit j'étais furieux aussi, tout ce temps à attendre. Et c'était vrai qu'il l'avait attendue, elle lui avait donné une clef par la suite, et elle le retrouvait certains soirs endormi sur le tapis, comme un chat, les mains derrière la nuque, maintenant c'est détraqué, ses longues jambes sur le tapis, sa jolie bouche et ses cheveux noirs, il faut que j'appelle le concierge, sage à présent et doux comme les enfants endormis.

Éric était venu pendant cinq ou six semaines, peut-être deux mois, et après, certains jours, elle ne pouvait s'empêcher d'entrer dans le café de la place Danton. Il lui devait de l'argent et c'était un prétexte décent pour le revoir, pour chercher, pour espérer n'importe quoi de mieux que le cinéma et les bonbons à la menthe de l'entracte, qu'est-ce qu'on pense quand on vous tue ?

Elle appuyait encore sur les boutons quand la certitude lui vint avant même de lever la tête, avant même que le souvenir qui datait d'un an lui fit lever la tête, qu'on était en train de la tuer, pensant il se tenait au-dessus de moi, il n'y a pas de toit à l'ascenseur, il m'observait durant tout ce temps, se moquant de moi, qu'est-ce qu'on pense quand on vous aime ?

Elle leva la tête vers l'étage au-dessus, tout proche, en même temps que le coup partait, la projetait comme un pantin contre les cloisons de bois de l'ascenseur, éclatait dans sa poitrine, pensant c'est impossible, ce n'est pas vrai, la nuque et l'épaule cognant contre la cloison de bois de l'ascenseur, quelqu'un qui se tient comme Éric au-dessus de moi, je les reconnais dans le noir, comme s'ils m'avaient tous donné leur jolie bouche mouillée, des chuchotements et des rires comme deux pensionnaires quand la surveillante s'éloigne, comme le jeune garçon et la petite d'Avignon dans le noir, un cheval éventré sur une photo de la guerre de 1914, ma poitrine éclatée, un index sur mon genou quand je rentrais de chez le coiffeur, la même petite idiote renversée dans l'ascenseur, moi, une gosse, dans le noir.

Couchette 221

Ernest-Georges-Jacques Rivolani, transporteur, né le 17 octobre 1915 à Meaux (Seine-et-Marne), demeurant 3, impasse Villoux, à Clichy (Seine), était mort d'une balle de Smith et Wesson 45, tirée dans la nuque, à bout portant, vers vingt-trois heures, exactement onze jours avant son anniversaire, à l'occasion duquel sa femme avait déjà acheté une paire de chaussures fourrées.

Il était étendu, visage contre le sol de ciment, le bras gauche sous le ventre, le bras droit replié au-dessus de la tête, dans son costume des dimanches, sous la porte de fer encore relevée du box où il rangeait sa voiture, sans avoir eu le temps de rentrer celle-ci, — une 11 CV Citroën de 1952 dont le moteur avait fini par caler au milieu de la cour — laissant une veuve pour éteindre les phares et trois enfants dont le premier passait le certificat d'études.

« C'est moche », dit Mallet.

Il n'avait pas dû dormir de la nuit, car c'était lui qu'on avait appelé, à une heure du matin, et il hochait à chaque instant son menton en galoche couvert de barbe, les yeux fixes, un peu fou de fatigue dans son imperméable déboutonné. La veille, le dimanche, pendant que Grazzi et Gabert allaient de Rivolani à l'actrice et de l'actrice à Cabourg, il avait couru Paris, seul, avec le carnet d'adresses de la victime dans sa poche.

Grazzi, qui n'avait jamais fait installer le téléphone parce que ça coûtait trente-cinq mille francs dont il avait toujours besoin, avait dormi du sommeil de l'injuste, de onze heures à huit heures quinze. Il était rasé, ennuyé mais dispos, tout neuf dans sa chemise propre. Tarquin n'était pas arrivé, parce que, sans doute, il était dans tous ses états et qu'il voulait d'abord passer au Quai pour parler à quelqu'un qui ouvrirait le « parapluie », bon flic d'accord, mais être couvert d'abord, si tu vois ce que je veux dire.

« C'est moche, répétait Mallet en dodelinant de la tête, le menton noir d'une barbe drue. Mais c'est rien à côté de sa femme. Elle criait au début, mais maintenant que ses enfants sont là, elle ne dit plus rien, elle te regarde comme si tu pouvais lui rendre son mari. Quand elle ouvre la bouche, c'est pour parler de ces chaussures fourrées, j'en ai la tête pleine. Elle les lui avait achetées pour son anniversaire. Elle ne pense qu'à ça : il avait froid dans son camion. Je te jure, c'est vrai. »

Grazzi faisait oui de la tête, regardant le corps étendu, se disant je suis trop con de m'être laissé refiler une affaire comme ça, je devrais avoir appris depuis vingt ans à ne pas prendre plus que je ne peux porter. Et Tarquin qui n'arrivait pas.

Rivolani était tombé en avant, projeté comme un mannequin de papier par le lourd calibre. Il avait glissé de plus d'un mètre sous le coup, tiré à bout portant, si fort que la moitié de la tête était arrachée et qu'on voyait un jet de sang au fond du box.

Un gendarme prenait des mesures. Grazzi détourna les yeux, revint vers la Citroën. Mallet le suivit, comme aimanté, si près de lui qu'il sentait l'odeur de ses cheveux. Il avait les cheveux drus comme la barbe et il les aplatissait deux fois par jour avec une brillantine bon marché.

Il y avait dix boxes en béton, avec des portes de fer qu'on relevait et qu'on fermait d'un cadenas, rangés face à face dans une cour cimentée de trois mètres de large. La maison de Rivolani était au bout de la rue, au coin d'une impasse sans trottoir, bordée de mauvaise herbe.

Comme tous les dimanches soir, quand il n'était pas sur la route, le camionneur était allé au cinéma avec sa femme et son dernier, un garçon de treize ans qui manquerait l'école ce jour-là et qui serait, pendant quelque temps, une sorte de personnage pour ses petits camarades.

« Ils sont rentrés à quelle heure ?

– Onze heures, onze heures quinze. Ils étaient allés dans un cinéma de Saint-Lazare. Rivolani voulait les emmener voir quelque chose de gai, à cause de l'histoire du train. Il les a raccompagnés jusqu'à la porte, puis il est revenu ici pour garer sa voiture. Sa femme dit qu'il ne l'utilisait que le dimanche, pour aller à la campagne ou au cinéma. Au bout d'une heure, en ne le voyant pas rentrer, elle s'est fait du souci. Le gosse était couché. Elle est venue voir, en pensant qu'il avait crevé, ou qu'il réparait quelque chose. Elle a crié, appelé les voisins. Ils ont prévenu le commissariat de Clichy. »

Grazzi regardait les sièges propres de la voiture, le tableau de bord. Quand il était libre, sans doute, Rivolani venait avec le gosse au garage, ils nettoyaient la Citroën en parlant mécanique, le père sûr de lui, le fils sûr de son père, exactement comme Grazzi le ferait avec Dino, plus tard, quand il serait plus grand et qu'ils auraient une voiture.

« On n'a rien entendu ?

– Rien, dit Mallet. Rien avant que sa femme crie. Le plus terrible, c'est qu'elle a éteint les phares, qu'elle se rappelle qu'elle a éteint les phares. Tu comprends ? »

Tu vas voir, se dit Grazzi, tu vas voir qu'il va se mette à chialer et que Tarquin va arriver, juste à ce moment-là, pour m'emmerder un peu plus.

Mallet, qui avait l'habitude de ne pas dormir, continua seulement de hocher la tête, les yeux fixes, mais le patron arriva, freinant net au milieu de la cour, seul dans sa 403 noire, dont l'arrière portait un gros crochet d'acier.

En vacances, il emmenait un petit bateau sur une remorque.

Tarquin fit, sans s'approcher d'eux, un vague salut de la main à Grazzi et Mallet, entra dans le box avec son ventre de femme enceinte, se pencha sur le cadavre. Les gendarmes et les adjoints du commissaire de Clichy le regardaient. Il se releva trente secondes plus tard, dans le soleil inattendu de ce lundi d'octobre, en faisant entendre avec une sorte de soulagement, la seule parole sensée de la matinée :

« Un flingue pareil, il est trafiqué, mes canards. Les propriétaires d'un 45, ça court déjà pas les rues. Mais un enfant de garce qui travaille ses balles comme ça, c'est un pro, et il a fait une bourde de première, parce que si vous en trouvez beaucoup, des truands qui se laissent aller à signer leurs histoires d'une croix, vous les connaissez mieux que moi ! »

La balle avait été rayée avec soin, en croix, et non seulement rayée mais creusée à la lime, de manière à laisser quatre aspérités sur l'impact. Au labo, Rotrou, qui voyait des bouts de plomb depuis trente ans, avait parlé d'une cartouche utilisée par les Anglais, durant la dernière guerre, en Asie, qui fouillait les chairs et les déchiquetait. Il avait parlé aussi d'un procès intenté à des chasseurs professionnels, à Fort-Lamy, parce qu'on tuait parfois les animaux de la même manière.

Ils étaient cinq devant la table du patron, Grazzi, Jouy, Bezard qui rapportait la valise de Georgette Thomas, Alloyau et Pardi, le Corse taciturne, qui fumait adossé à la porte. Mallet était rentré dormir. Gabert était aux trousses de la jeune fille d'Avignon, courant les agences de placement et les commissariats.

Tarquin, visage luisant, mégot éteint par la salive, avait pris le relais de Mallet : il hochait la tête constamment, les yeux fixes, l'air de quelqu'un qui, pour une fois, n'a pas trouvé son parapluie.

Il dit les cinq lettres, qu'il était bien pénard, qu'il fallait toujours qu'on mette le pastis partout, derrière son dos. Qu'est-ce qu'il fichait, lui, Grazzi, depuis le samedi matin ?

« Samedi, c'était avant-hier, dit Grazzi. Et il y a eu dimanche au milieu. Vous aviez prévu, vous, qu'on allait éliminer ce type ?

– Qui parle d'éliminer ?

– Je dis ça comme ça. »

Pardi bougea, près de la porte, et déclara d'une voix lente, avec son accent de Tino Rossi, que le mot était bien choisi, qu'on avait sans doute éliminé le camionneur comme un témoin gênant.

Il y eut un silence, car c'était ce qu'ils pensaient tous.

« Il a été interrogé ? demanda le patron sur un ton nettement plus calme.

– Oui, hier après-midi. J'ai envoyé Gabert chez lui. Il devait venir ce matin préciser tout ça. »

Grazzi sortait son carnet rouge, retrouvait la page où il avait noté ce que Jean-Loup se rappelait de l'entretien. En revenant de chez Cabourg, qu'ils n'avaient pas trouvé et dont ils avaient, sans mandat, examiné le petit appartement – juste un coup d'œil sans rien toucher, en le faisant au culot à la concierge –, ils s'étaient assis de chaque côté d'une table, sous une lampe, dans la salle des inspecteurs déserte. À ce moment-là, Cabourg et les raisons de son absence les tracassaient davantage que le camionneur. Et puis Jean-Loup était pressé de partir. Il n'y avait que quelques mots sans suite sur la page du carnet, à peine de quoi tirer trois lignes de rapport.

« Il faisait un voyage par semaine dans le Midi. Il transportait des messageries à l'aller, des primeurs au retour. La semaine dernière, il est tombé en panne sur la route, près de Berre, et il a donné son camion à réparer dans les environs. Comme la réparation devait prendre quelques jours, il a préféré revenir par le train. Il devait aller chercher son camion à la fin de la semaine. »

Tarquin, qui gardait son chapeau sur la tête, dit d'accord, c'est pas sa vie que je te demande.

« Il a donc pris son train vendredi soir. Les signalements qu'il a donnés des autres concordent avec ceux de Cabourg et de l'actrice. On est allé chez celle-là dans l'après-midi. Elle doit être en ce moment dans la salle d'attente. »

Grazzi regarda sa montre : onze heures trente. Elle s'était peut-être lassée. Tarquin, qui ne le quittait pas des yeux, dit à Jouy d'aller voir et de s'envoyer la vieille en vitesse. Au besoin, on la ferait revenir.

« Avec le métier qu'il faisait, continua Grazzi, pendant que Jouy sortait, il s'endormait dès qu'il était assis quelque part. Dans le compartiment, il a été le premier à s'étendre et le dernier à se réveiller. Il n'a rien vu, rien entendu. »

La voix de Tino Rossi, derrière Grazzi, dit qu'il

devait bien y avoir quelque chose : si on s'était donné la peine d'attendre le camionneur au retour du cinéma, ce n'était pas pour le punir d'avoir dormi.

« En tout cas, il ne se rappelait rien. L'assassin a peut-être meilleure mémoire que lui. »

Coup de fil intérieur. Tarquin prit l'appareil, hocha la tête, dit oui plusieurs fois, merci vieux, et raccrocha en déclarant qu'il avait de la chance, lui, Grazzi, il restait quand même une piste : le revolver.

« Rotrou est catégorique. C'est un Smith et Wesson, récent, trafiqué par quelqu'un qui connaît les armes, et il y avait un silencieux. Oui, mes cocos, un silencieux. Rotrou dit que c'est une poire, pas un cylindre, il dit qu'il pourrait en dessiner la forme sur du papier. »

Grazzi, qui détestait certains mots comme « catégorique », dans la bouche du patron, au point d'en devenir injuste, dit que ce n'était pas la première fois que Rotrou devinait la couleur des yeux de quelqu'un à partir d'un morceau de plomb, qu'on découvrait ensuite tout le contraire. Alors les dessins sur du papier, me faites pas rire.

Grazzi ne riait pas, ses gros yeux bleus fixés sur Tarquin qui le regardait à hauteur de la cravate, et brusquement le patron se leva, d'un sursaut, comme s'il allait avaler son mégot, et

Grazzi avec. Mais il ne dit rien. Il repoussa son chapeau sur la nuque, du dos de la main, et se retourna vers la fenêtre.

En continuant à le regarder, dans le dos, un peu au-dessous des épaules, Grazzi dit sans reprendre le souffle, de sa voix nette et puissante, qu'on ferait quand même bien de se grouiller, parce que, si vous voulez mon avis, on n'a pas retrouvé ce Cabourg, il a quitté son appartement en vitesse, en laissant une lampe allumée au-dessus d'un lavabo, et si on tarde trop, il va continuer à faire des cartons. Un temps : il avait une femme et trois gosses, le camionneur.

Tarquin répondit c'est un monde.

Il restait immobile devant la fenêtre, un peu mieux de dos que de face, presque humain dans son gros pardessus dont une couture était défaite depuis plusieurs jours. Il se disait sans doute : ce n'est pas Cabourg, c'est un pro et tout s'est passé dans le train, si je peux mettre dix mecs sur les armuriers et râper quelques tuyaux à la mondaine, je sais qui c'est dans quarante-huit heures. On le pique, on le repasse à Frégard, et cette andouille de Grazzi pourra toujours jouer les Sherlock Holmes si ça l'amuse. À qui il croit parler ?

Coup de fil extérieur. Tarquin tourna lentement le dos, décrocha d'un geste las, hocha la tête, puis dit les cinq lettres, qu'est-ce que ? –

Où ? – Dans un ascenseur ? – posa une main potelée sur l'appareil, dit qu'en effet, il ferait bien de se magner, lui, Grazzi, et tout le monde, parce que maintenant ils y étaient tous, dans le bain, risque pas d'être ici ton actrice, on l'a flinguée il y a deux heures. Et il reprit le téléphone, dit d'accord, d'accord, on arrive, à qui vous croyez parler ?

On l'avait portée sur le lit, dans sa chambre. Pour laisser l'ascenseur en place, il avait fallu la descendre à bras d'un étage, et une de ses chaussures à hauts talons était tombée, qu'on avait posée par terre, dans le vestibule.

Éliane Darrès gardait encore toutes les marques de l'étonnement sur son visage. La balle lui avait défoncé la poitrine comme un grand coup de marteau, et sauf sur sa robe et son manteau de vrai léopard, il n'y avait pas beaucoup de sang.

Jean-Loup, qui arrivait, essoufflé, bousculant un agent et le substitut, alors que Tarquin et Grazzi étaient devant le lit, eut juste le temps de dire bonjour patron et de baisser les yeux. Il se détourna aussitôt, visage crispé, comme s'il allait vomir. Grazzi l'entraîna vers les escaliers.

Il avait très peur, maintenant.

On tue Georgette Thomas, dans un compartiment de train, un samedi matin pour tout arranger. Il paraît un journal le samedi soir, les autres le lundi. Celui de samedi soir donne une simple liste de noms. Ceux de lundi parlent de Cabourg, de Garaudy, de Darrès, de Rivolani. Parce que sans doute quelque chose a déraillé, dans la démarche de l'assassin, parce que ce quelque chose est important, on supprime deux autres occupants du même compartiment.

Grazzi pensait à Cabourg, disparu depuis le samedi soir, laissant une lampe allumée dans sa chambre… Tueur ou déjà tué ?

Grazzi pensait à la jeune fille d'Avignon, que Gabert n'avait pas pu retrouver. Est-ce que l'assassin, plus malin ou mieux renseigné, était déjà sur sa trace ?

« Ils ont tué Rivolani ? demanda Gabert.

— De la même façon qu'elle. À moins de deux pas, avec une espèce de canon. Pourquoi dis-tu "ils" ?

— Je ne sais pas », dit Gabert.

Il était pâle, mais droit. Vingt-trois ans. Un métier que, ce matin, il devait détester franchement. Grazzi aussi détestait son métier, une main sur la porte ouverte de l'ascenseur, pensant : « Ils » ont trouvé Rivolani dimanche soir, avant qu'on en parle dans le journal, Cabourg aussi peut-être. Et la petite Bombat ?

« Tu as trouvé quelque chose sur la fille d'Avignon ?

— Rien dans les hôtels. J'ai fait presque tous les commissariats. Il faut que je fasse les agences cet après-midi. Mais ça prendra du temps, tu sais, si je suis seul. Il va plus vite que moi, ce type-là. »

Gabert disait cela d'une voix basse, contrainte, terrible, en montrant la cage d'ascenseur. Grazzi pensait : maintenant, ça y est, je n'ai jamais douté que ça arriverait un jour. Tarquin va aller faire du bateau deux ou trois ans, il a de quoi et les ministres passent, mais je vais me retrouver en moins de deux gratte-papier dans un commissariat de province, ou au mieux, j'aurai un peu de courage et je me mettrai dans les assurances, dans un grand magasin, n'importe quoi. C'était aussi simple que ça : il y avait une espèce de fou qui allait plus vite.

« C'est astucieux, son truc de l'ascenseur », dit Grazzi d'une voix lasse.

Il prenait Jean-Loup par l'épaule, l'entraînait au cinquième étage, juste au-dessus de la cage vide.

« Elle prend l'ascenseur. Il la laisse descendre, puis il ouvre la porte grillagée. Comment il sait que c'est elle, je l'ignore. Probablement l'a-t-il guettée un peu plus bas, dans l'escalier. Et son manteau de léopard est reconnaissable. Il ouvre et il referme cette porte pendant qu'elle essaie les boutons. Si elle monte, il referme. Si elle descend, il ouvre et l'arrête. Tu comprends, il la guide jusqu'au quatrième tranquillement, il l'arrête où il veut. »

Grazzi referma la porte grillagée, fit mine de viser avec deux doigts, et répéta que c'était astucieux, c'est un dingue astucieux.

« Pourquoi n'a-t-elle pas appelé ?

— C'est ça, l'astuce. On appelle si l'ascenseur ne marche pas ! Mais il marche ! Il ne descend pas il monte, c'est tout. Probablement qu'elle a pensé sortir à un autre étage. »

Ils entendirent Tarquin qui parlait fort sur le palier en dessous, au milieu des agents et des locataires de l'immeuble. Ils redescendirent.

Le patron regarda Grazzi à hauteur du ventre, mains dans les poches de son pardessus, chapeau sur la nuque, et lui demanda si oui ou non, M. Holmes, cet enfant de garce, avait un silencieux.

« Il en a un, admit Grazzi. Mais où ça va nous mener de nous mettre tous là-dessus ? Avant qu'on ait fait les armuriers, fouillé les sommiers, et attendri la mondaine, il aura eu le temps de s'en servir, de son silencieux ! Et d'abord, une poire, s'il est si fort que ça, il a pu la fabriquer lui-même.

— Il lui fallait des ressorts, un tas de machins.

— Il rentre chaque jour des dizaines d'armes qui ne figurent sous aucun numéro.

— Pas des silencieux.

— C'est peut-être un truc politique ?

— Coup de veine, dit Tarquin. Je torche un rapport et je refile ça à la D.S.T. Elle nous le renverra aussi sec, et avant que ça finisse, je serai déjà à la retraite, bien pénard.

— Il est peut-être étranger ?

— C'est ça, dit Tarquin. Tchécoslovaque, par exemple, ils sont bien armés. T'en fais pas, c'est pas les gens d'Orly qui vont se faire passer le savon et aller à la pêche, c'est nous ! »

Le téléphone se trouvait dans la chambre, près du lit où l'on avait étendu Éliane Darrès. Pendant que Grazzi formait un numéro, Gabert s'approcha sans la regarder, commença la fouille par le sac à main.

À l'appareil, Mallet parla de sommeil en retard, dit une obscénité, mais il avait dormi une heure pleine et retrouvé un peu de sa bonne humeur : il se rasa et se rhabilla. Il ferait la liaison, au Quai, assis sur sa chaise, téléphonerait toutes les heures à ceux de Marseille pour les presser un peu, jouerait les importants.

Jouy avait interrogé Mme Garaudy en fin de matinée. Il l'avait trouvée en salle d'attente, alors qu'il venait y chercher Éliane Darrès, l'avait jugée jolie, bien habillée, peureuse, cachottière. Elle ne se rappelait rien, ne savait rien, désirait signer sa déposition et s'en aller au plus vite.

« Elle est partie depuis combien de temps ?

— Une demi-heure environ.

— Elle sait, pour Rivolani et l'actrice ?

— Non.

— Retrouve-la et planque-toi.

— Pourquoi ?

— Si tu ne comprends pas, c'est pas la peine de t'expliquer. Planque-toi et ne la lâche plus. Je ne tiens pas à la retrouver avec un trou dans la tête.

— Si on mettait un cordon de "pèlerines" chez elle ?

— C'est ça, dit Grazzi, fais-nous de la publicité. Je veux le piquer, ce mec, pas le faire calter !

— À propos de publicité, il y a pas mal de "canards" dans les couloirs. Qu'est-ce qu'on leur dit ?

— Il est 12 h 12, dit Grazzi en regardant sa montre-bracelet. Si, à partir de maintenant, les canards ont quelque chose à publier, c'est toi qui auras un trou dans la tête, je te le jure sur celle de mon petit. »

Il raccrocha.

Pardi déjeunait chez lui. Il empruntait le téléphone d'un voisin qui regrettait depuis longtemps son amabilité. Il arriva au bout du fil la bouche pleine.

« Il me faut Cabourg, dit Grazzi.

— Je ne reçois d'ordres que de mon patron, dit Tino Rossi.

— Eh bien, c'est un ordre.

— Qu'est-ce qui se passe ?

— Qu'est-ce que tu crois ?

— Ça va, ça va », dit Tino Rossi.

C'est lui qui raccrocha. Grazzi était sûr qu'il retrouverait Cabourg. Il expédiait son travail comme on range les quilles, posément, sérieusement, sans se biler, avec l'idée bien arrêtée d'être un jour à un indice record, ou pourquoi pas ?, directeur de la Sûreté. Il retrouvait toujours ce qu'il cherchait parce qu'il était corse et qu'il avait des amis partout, et c'était le seul, chez Tarquin, à savoir s'arranger pour rentrer déjeuner chez lui.

Alloyau n'était nulle part, intouchable. Il devait grignoter un steak dans un restaurant bon marché de la rue Dauphine, ses flacons de remèdes devant lui, sur une nappe en toile cirée, en parlant à la serveuse de ses aigreurs d'estomac. Il reviendrait au Quai à deux heures sonnantes à l'horloge du Palais, droit comme un i, très anglais et très pâle, en fumant sa seule cigarette quotidienne, la seule mais *not se list.*

« Qu'il convoque dès cet après-midi Mme Rivolani, les proches de Cabourg, les proches de Darrès, qu'il reconvoque le vendeur de voitures et la sœur de Georgette Thomas, qu'il les interroge. Qu'il me retrouve d'ici ce soir, pour que je les prenne, le mari de Georgette Thomas et le Bob. Je rappelle vers deux heures. »

Grazzi raccrocha encore.

« Qu'est-ce que je fais, moi ? » dit Gabert qui se tenait près de lui.

Il n'avait pas son duffle-coat, mais un imperméable bleu marine, en nylon brillant, et une cravate orange.

« Tu m'accompagnes place Clichy, on va déjeuner. Après, tu prendras la voiture pendant que j'irai voir l'étudiant de la rue Duperré. Il faut que tu me retrouves cette Bombat. »

Jean-Loup fit oui de la tête, l'air moins sûr de lui que jamais.

Ils mangèrent une choucroute dans une brasserie aux grandes baies vitrées, regardant la place coupée d'ombre et de soleil, comme deux mois auparavant, pour une autre affaire, une escroquerie qui leur avait pris huit jours, en pleine chaleur, et dont Tarquin avait deviné les coupables.

Grazzi pensait au camionneur, à ses chaussures fourrées, aux pas qu'il avait faits, en dernier, après avoir quitté sa voiture dans la cour cimentée, pour aller vers la porte, ouvrir le cadenas, relever le battant, et plus rien. Il n'avait pas entendu le tueur s'approcher de lui, dans son dos, il avait fait un bond d'un mètre sous la balle, puis sa femme était venue et elle avait éteint les phares.

« Tu as une idée de ce qui peut tracasser l'assassin à ce point-là ? Qu'est-ce qu'il pouvait savoir, Rivolani, qui l'inquiète tant ? »

Gabert dit « sais pas » la bouche pleine, mais qu'après tout, si Rivolani avait remarqué quelque chose, il l'aurait dit, c'était lui-même qui l'avait interrogé.

« Tu ne comprends pas, dit Grazzi. Il a peut-être vu quelque chose sans y faire spécialement attention, ça n'avait rien d'aveuglant pour lui, mais ça le serait pour nous ! Pourquoi crois-tu qu'on nous descend deux personnes en deux jours, qui se trouvaient justement dans le même compartiment ? »

Gabert ne dit rien, fit oui de la tête, finit son demi de bière, se versa la moitié de ce qui restait de celui de Grazzi, et but.

« Il est là-haut, avait dit la concierge. Mais j'espère que vous n'allez pas le brusquer. Il est déjà tout retourné. »

Il vint ouvrir, brun, vingt ans, grand, joli garçon, la peau mate, une mèche sur le front. Il s'appelait Éric Grandin, et en regardant ses papiers, Grazzi vit que son véritable prénom était Charles. Il fumait des Gitanes, sans s'arrêter, en les allumant l'une à l'autre avec de longs doigts nerveux. Il était mince et flottait un peu dans un pull bleu marine ouvert en V, qu'il portait à même la peau.

La chambre était petite, bourrée de livres. Il y avait un réchaud à butane, allumé sur une table, au milieu des cahiers et des feuilles de cours ronéotypées.

« Je faisais du Nes, vous en voulez ? »

Il servit le café de Grazzi dans une tasse, le sien dans un verre où il y avait encore un fond de vin. Il portait au poignet un chrono en or, de la même manière que le petit Jean-Loup, cadran sur la face intérieure du bras.

« C'est Georgette qui me l'avait offert, dit-il. Je sais ce que vous allez me demander, alors autant que je réponde tout de suite : j'étais son amant, je l'aimais bien, elle m'aimait bien, et samedi matin, à l'heure où on a fait ça, j'étais ici, je me préparais pour aller à la Fac. Et la concierge, qui m'a monté des affaires, pourra en témoigner. »

Elle l'avait déjà fait. Les affaires, c'était son lait, du pain, deux chemises qu'elle lui avait repassées, comme elle le faisait toujours, et gratis probablement.

« Je ne sais rien, je ne comprends pas, je ne l'ai même appris que le soir, en lisant le journal chez une copine, à Massy-Palaiseau. J'avais encore la voiture de Georgette, je l'ai toujours. Je ne comprends pas. »

Il avait le visage crispé, avec de vraies larmes dans les yeux, et il se détourna pour allumer une autre cigarette, de ses longs doigts d'adolescent.

Grazzi but son café debout, en regardant autour de lui. Des phrases sans aucun sens collées au mur, formées avec des mots découpés dans les magazines. Des photos d'animaux de toutes sortes, aux grands yeux doux.

« Je fais l'école vétérinaire, expliqua-t-il. Troisième année. »

C'était la Recherche qui l'intéressait. Il aurait un jour une grande ferme, en Normandie, une sorte de clinique-laboratoire, où il élèverait des bêtes croisées, splendides, avec des yeux doux comme celles-là. Ou bien il irait en Australie, en Afrique du Sud, quelque part où il y aurait de grands espaces paisibles, et, bien sûr, des animaux. Les hommes ne l'intéressaient pas. C'est trop moche, c'est fichu.

« Depuis quand la connaissiez-vous ?

— Deux ans. J'ai pris cette chambre il y a deux ans.

— Vous avez été son amant tout de suite ?

— Non, longtemps après, il y a six mois. Mais je descendais déjà souvent chez elle, on dînait ensemble, on bavardait.

— Vous connaissez Bob Vatsky ?

— C'est lui qui m'a trouvé cette chambre. Je l'avais rencontré dans une boîte, au Quartier. Il joue du saxo. Si vous pensez à lui pour avoir fait ça, vous vous trompez.

— Il était déjà son amant, lui ?

— Oui.

— Vous le saviez ?

— Je le savais.

— En somme vous avez été tous les deux ses amants en même temps ? »

Il eut un regard étonné, clair, un rire bref. Il dit qu'il avait bien d'autres copines, lui.

« Il devait vous arriver de le trouver chez elle, certains soirs ?

— Et alors ?

— Vous n'étiez pas jaloux et il n'était pas jaloux ? »

Il rit à nouveau, de son rire bref et sans joie, haussant les épaules parce qu'il comprenait où Grazzi voulait en venir, et que cela lui semblait idiot.

« Si vous croyez que c'est un jaloux qui l'a tuée, vous gagneriez du temps en allant le chercher ailleurs. »

Il haussa le ton, de manière inattendue, et dit bon Dieu, que Georgette était bien libre d'aimer qui elle voulait, que non seulement ils n'étaient pas jaloux, mais qu'il leur était arrivé de dîner tous les trois ensemble, quand précisément il trouvait Bob chez elle, et qu'il pourrait même en raconter une bonne à l'inspecteur, mais il ne comprendrait certainement pas davantage, et c'était peut-être défendu par la loi, ça ?

Grazzi ne savait plus s'il exagérait sa colère pour cacher sa nervosité ou si cela partait d'un sentiment qu'en effet, il ne comprenait pas.

« Pierre Becchi, vous le connaissiez ?

– Qui ?

– Un steward, Pierre Becchi… Ça ne fait rien. Est-ce que vous avez entendu parler Georgette Thomas, une fois ou l'autre, d'une actrice nommée Éliane Darrès ? »

Il dit non, non, jamais, en allumant une autre Gitane à son mégot. Il se détourna pour jeter le mégot dans une boîte en carton qui lui servait de vide-ordures.

« Ou d'un camionneur nommé Rivolani ? Essayez de vous rappeler. Rivolani. C'est important, si vous voulez nous aider. »

Il balança la tête, les yeux fermés dans la fumée, fit de l'air devant son visage avec la main. Il dit non, qu'il ne se rappelait pas, qu'il ne savait rien.

« Vous disiez que samedi soir, vous étiez chez une jeune fille, à Massy-Palaiseau…

– Une femme, pas une jeune fille. Elle est mariée, elle a trois enfants, et ce n'est pas ce que vous croyez.

— Vous ne deviez donc pas voir Georgette Thomas ce jour-là ?

— J'ignorais même qu'elle devait rentrer. Elle ne me disait pas tout, vous savez. Il m'arrivait de ne pas la voir pendant toute une semaine, parce que je rentrais tard, ou qu'elle était en démonstration. Quand elle voulait la Dauphine, elle mettait un mot sur ma porte. Je laissais les clefs et la carte grise chez la concierge, en descendant. »

Il regardait Grazzi en face, appuyé sur une hanche contre la table, les bras croisés, sa cigarette entre l'index et le majeur, sa mèche sur le front. Malheureux et crâneur.

Je perds mon temps, se dit Grazzi. Il s'en alla.

Dans l'escalier, alors qu'il commençait à descendre, pensant à une veuve de cinquante ans qui avait éteint des phares sans plus savoir ce qu'elle faisait, et à une jeune femme au sourire sérieux, qui passait tour à tour après dîner sur les genoux de ses deux convives, il se sentait plus vieux, plus lourd que jamais, hors du coup.

Il croisa un garçon en imperméable qui montait vers les chambres de bonne, blond comme l'autre était brun, plus jeune encore, l'air grave et pensif, et qui lui rappelait vaguement un visage connu. Sans doute l'avait-il déjà rencontré dans l'immeuble, l'avant-veille.

« Vous êtes un ami de Grandin ? »

Le gosse s'arrêta sur une marche, les joues rouges, dit non, monsieur, non, sans comprendre.

Grazzi descendit en pensant à ses dix-sept ans à lui, à ses vingt ans, à des bêtises.

Il téléphona au Quai dans un café de la place Blanche. Alloyau avait convoqué Mme Rivolani, qu'il attendait, le mari de Georgette Thomas, Bob Vatsky, la sœur de Cabourg. Tous avaient promis de venir en fin d'après-midi.

La sœur de Cabourg, qui habitait Créteil, devait emmener ses enfants, parce qu'elle n'avait personne pour les garder au sortir de l'école. Elle ignorait même que son frère avait fait un voyage à Marseille.

« Où est Mallet ?

— Sur une autre ligne, Marseille, précisément. Il y a une demi-heure, ils ont téléphoné quelque chose de curieux, un témoignage de la bonne de l'hôtel. Tu sais, l'*Hôtel des Messageries*, Mallet veut avoir la bonne au bout du fil, ça lui paraît important.

— Qu'est-ce que c'est ?

— Il faudrait que je te le passe, je ne sais pas bien.

— Bon, de toute manière j'arrive. Tu n'as trouvé personne pour l'actrice ?

— J'ai des adresses, qu'on a trouvées chez elle. Des producteurs, des acteurs. Ceux que j'ai eus la connaissaient très peu. Ils ne le disent pas, mais ce devait être une enquiquineuse. »

Il était trois heures quinze quand il arriva au Quai, en oubliant de se faire donner une feuille tamponnée par le chauffeur de son taxi.

On interrogeait Mme Rivolani, qu'il regarda de loin, en ouvrant la porte du bureau des inspecteurs.

Elle portait un manteau rouge que demain elle ferait teindre en noir, elle était droite sur sa chaise, elle tenait un coin de son mouchoir entre ses dents. Alloyau tapait à la machine sans oser la regarder en face.

Mallet était à sa table, penché sur des notes qu'il écrivait à la main. Il leva des yeux rouges de fatigue sur Grazzi :

« Le mercredi soir, quand Georgette Thomas et le steward sont rentrés à l'hôtel, sur le coup de onze heures, la bonne a entendu une conversation dans l'escalier. Elle s'appelle Sandra Leï. Je l'ai eue au téléphone, pour qu'elle me répète bien les mots exacts. Elle dit que c'est à peu près ça… »

Il prit une feuille sur sa table.

« Georgette Thomas aurait déclaré : “Mais non, je n’ai rien. Ne fais pas attention. Et puis, je ne suis pas sûre.” Ils montaient dans la chambre, ils sont passés près de Sandra Leï dans l’escalier, ils se sont tus. C’est tout. La bonne prétend qu’elle a trouvé la scène bizarre, parce que Georgette Thomas ne lui a pas dit bonsoir, qu’elle n’a même pas semblé la voir. Elle prétend que la nana avait toujours un mot gentil pour elle.

— Qu’est-ce qu’elle a pensé ?

— Elle se rappelle surtout : “Je ne suis pas sûre.” Elle est certaine que ce sont les mots exacts. Elle s’est dit que la nana était enceinte et que ça ne lui faisait pas plaisir.

— C’est idiot. Le légiste l’aurait vu.

— La nana pouvait le croire, elle. On sait pas. En tout cas, ils ont aussitôt envoyé quelqu’un chez le steward. Ils rappellent dans un moment. »

Tarquin pensa lui aussi que c’était idiot, mais que Georgette Thomas pouvait s’être trompée et se croire enceinte.

Il était en veston derrière sa table, son chapeau sur la tête, et Grazzi vit devant lui des dossiers de l’Identité Judiciaire et des Renseignements Généraux, des précisions sur les vols et les disparitions de revolvers. Il surprit le regard de Grazzi et dit pas la peine de te casser le melon, je suis sage, j'avais demandé ça ce matin, je jette juste un coup d'œil pour voir. Il dit qu'il n'en revenait pas lui-même, du nombre de flingues qui pouvaient disparaître et passer de main en main.

« On en fauche même chez nous, c'est un monde. En février, on a coffré un truand qui avait soufflé le sien à un planton du commissariat Saint-Sulpice, au moment où il rentrait chez lui. Heureusement qu'il était pas chargé, il lui aurait mis ses propres balles dans la tête, alors qu'il s'est contenté d'un coup de tuyau de plomb. »

Il tapa du plat de la main sur les dossiers ouverts devant lui, et dit tu en apprends avec ces trucs-là, c'est fou, d'où tu viens, toi ?

Grazzi s'assit dans le fauteuil, en face de lui, en déboutonnant son pardessus, et parla du petit Éric Grandin.

« On en apprend aussi, avec eux, dit Tarquin. Faudrait que tu viennes bouffer avec le mien, un de ces samedis. Il va sur ses vingt-deux ans, mais je lui ai jamais vu plus de cervelle que le jour où je lui ai fait guili-guili pour la première fois, à la maternité Saint-Antoine. Je te souhaite du plaisir avec le tien.

– On était pareils, dit Grazzi.

– Sans blague ? Tu avais de quoi en fumer, toi, des Gitanes, une après l'autre ? Ça te tentait tant que ça, les Beaux-Arts, ou une ferme en

Australie ? Ça t'est arrivé de partager ta petite amie après dîner avec un copain qui faisait danser le tango ? On était pareils avec une sacrée différence, mon pauvre canard, c'est qu'ils viennent pas de la même planète. »

À 15 h 50, Mallet eut Marseille au téléphone, une nouvelle fois. Pierre Becchi ne se rappelait pas la scène du mercredi soir, déclarait que Georgette Thomas, comme tout le monde, avait ses hauts et ses bas, qu'il n'avait pas fait attention.

Cela n'avait guère d'importance, d'ailleurs, qu'il se souvînt ou non, car l'inspecteur corse qui était au bout du fil, le même qui avait fait le premier rapport, avait une autre information, qu'il livrait d'une voix ajaccienne et embêtée, car il ne savait pas si on lui dirait merci ou si on le traiterait d'imbécile.

Mallet ne savait plus, lui, si c'était la fatigue de trois jours sans dormir ou le sentiment de découvrir quelque chose d'important : il eut une sorte de vertige. Il dit merci vieux, en se raccrochant de sa lourde main au rebord de sa table, puis resta une bonne minute à regarder le vide, en se pinçant le nez à hauteur des yeux. 700 000 anciens francs ! Le prix d'une voiture bon marché. Est-ce qu'on tue pour 700 sacs ?

Il se leva, alla vers la porte de la salle, se retourna vers Alloyau qui était seul, téléphone contre l'oreille, dit Georges, Georges, je te parle, plus la peine de t'énerver, laisse tomber, je crois qu'on le tient.

Il entra dans le bureau du patron, y trouva Grazzi et Tarquin, dit excusez-moi, je vais peut-être dire une connerie, mais la nana, l'actrice et le camionneur, ils valent pas 250 tickets chacun.

« La semaine dernière, on a vendu un billet de loterie à notre bar-tabac de Marseille. Il a gagné 700 sacs. C'est pas le gros lot, mais qu'est-ce que vous en pensez ? »

Le patron eut un sourire immédiat, presque horrible de contentement. Grazzi, qui avait l'esprit plus lent, resta deux secondes retourné vers la porte, à regarder Mallet sans comprendre. Puis il se leva d'un bond, la main tendue vers le téléphone.

Tarquin avait déjà pris l'appareil, demandait au standard la Loterie Nationale, n'importe qui à la Loterie Nationale, en vitesse, et Marseille deux fois, la Préfecture et un bar-tabac, rue quelque chose (Félix-Pyat, dit Grazzi), rue Félix-Pyat, j'ai pas l'orthographe, j'ai pas le numéro, magnez-vous.

Le billet portait le numéro 51 708 (groupe 2). Il avait été mis en vente au bar-tabac de la rue Félix-Pyat, avec 23 autres billets entiers, le dernier jeudi de septembre.

Le propriétaire de l'établissement trouvait qu'on faisait beaucoup de bruit pour pas grand-chose. En 1955, il avait vendu le gros lot. Alors, vous pensez. Des billets gagnants au-dessous du million, il en vendait plus de 50 par an. Ça ne lui faisait aucune publicité. « Le billet qui tue », ça pouvait frapper l'imagination, mais ces messieurs de Paris étaient assez grands pour comprendre qu'il se passerait volontiers de cette publicité-là.

Qui l'avait acheté, le billet, il n'en savait rien. Et même pas, d'ailleurs, qui l'avait vendu. Ils étaient trois au bar-tabac : le patron, la patronne et le garçon de salle, Roger Tramoni, un brave homme qui avait de l'asthme.

Le mercredi soir à six heures, au moment où le fournisseur passait reprendre les invendus, seize billets étaient partis, dont le bon.

Georgette Thomas était venue le mardi soir, pour retrouver Pierre Becchi. Il jouait aux cartes avec des clients.

Elle avait attendu la fin de la partie en buvant un apéritif et en bavardant avec la patronne.

Peut-être avait-elle acheté un billet de loterie, à ce moment-là, mais dans ce cas, ce n'était ni M. Lambrot ni Mme Lambrot qui le lui avait vendu, car celle-ci était allée mettre son dîner sur le feu et le patron n'avait pas quitté le comptoir du bar de toute la soirée.

Il aurait fallu avoir le témoignage du garçon, Roger, mais le pauvre était en congé annuel, dans les Alpes-Maritimes, et c'est pas lui qui se souviendrait de quelque chose. On allait le retrouver pour l'interroger, mais cela prendrait du temps. De toute manière, ces messieurs de Paris devaient se douter qu'on ne tue pas pour 700 000 francs. On n'avait pas de conseil à leur donner, d'accord. Mais quand même.

« On tue pour beaucoup moins que ça, dit Tarquin. Et c'est elle qui a acheté ce billet, ça colle trop bien. Le mardi soir, en attendant que son steward ait fini de faire sa belote, elle se tape un verre au comptoir, elle taille une bavette avec la patronne. Et puis, elle va vers le comptoir du tabac, où le garçon est en train de vendre des timbres-poste, elle demande un paquet de sèches, n'importe quoi, et elle dit : "Tiens, faites-moi voir un peu vos billets de loterie, des fois qu'il y aurait mon numéro." »

Tarquin sortit une cigarette de la poche supérieure de son veston, chercha ses allumettes, dit du feu s'il te plaît, qu'il pouvait le croire, lui,

Grazzi, il voyait la scène comme s'il y était, un vrai cinémascope.

« Le mercredi soir, mon canard, elle va casser la graine avec son coquin, dans la pizzeria de cette rue dont je ne me rappelle jamais le nom.

– Félix-Pyat, dit Grazzi.

– C'est ça. J'y suis comme si j'y étais. Lumière tamisée, valse lente, tout le toutim.

– Il n'y a pas d'orchestre dans une pizzeria de Saint-Mauront. Moi je connais, j'y suis allé. »

Tarquin se leva, tendit son index vers la cravate de Grazzi, en faisant le tour de la table, et dit pauvre nouille, c'est bien là où je te tiens, je gamberge moi, je me contente pas de voir du pays. C'était peut-être pas un orchestre, mais tu peux être sûr que c'était la radio ou la T.V.

« Comprends pas.

– Tu comprends jamais rien. Le mercredi soir, ça t'arrive d'écouter la radio ? Qu'est-ce que tu crois que la moitié des gens veulent entendre, le mercredi soir ? Le tirage de la Loterie, pauvre nouille. »

Grazzi dit ça va, ça va, n'en faites pas un plat, et alors ?

« Elle a pas fait un bond en l'air, dit Tarquin, elle a pas avalé son assiette, elle a pas pipé mot. Juste un peu dans les nuages. Au point que son type s'en est à peine aperçu, qu'il lui a seulement demandé : “Qu'est-ce que tu as ? Tu es fatiguée ?” Et elle a répondu : “Mais non, mon canard, c’est rien. *Et puis je ne suis pas sûre.*” Parce que c’est vrai qu’elle était pas sûre. Elle a dû attendre d’être dans la chambre, et pendant que l’autre se mettait au pieu, bien pépère, elle a regardé son billet. Je te le dis, je la vois comme si j’y étais. »

Il écrasa son mégot, regarda l’heure, prit le téléphone qui sonnait, dit encore à Grazzi :

« C’était un personnage, ta nana. »

Il se frappa la poitrine, dit allô. Grazzi se rongeait l’ongle du pouce, pensant à du linge marqué G, à une femme brune qui achetait le journal, un jeudi matin, en sortant d’un hôtel, pour être bien certaine qu’elle avait gagné de quoi se payer une autre Dauphine à initiales, une femme de trente ans au sourire attentif qui avait tout gardé pour elle, la surprise, la joie, l’impossibilité de fermer l’œil, mais pas les 700 000 francs.

16 h 20.

Le billet 51 708 avait été présenté le samedi 5 octobre vers 11 h 30, par un anonyme, au siège de la Loterie Nationale, rue Croix-des-Petits-Champs, à Paris.

Les caissiers se rappelaient l’individu, qui manifestait une certaine nervosité en rangeant sept mille nouveaux francs, en coupures neuves, dans un vieux portefeuille en maroquin. Ils seraient certainement capables de le reconnaître. La mémoire était un des impératifs de leur métier.

Signalement : trente-cinq ou quarante ans, visage long, nez long, cheveux châtain coiffés haut, comme pour se grandir, 1 m 70 environ, très maigre, teint pâle, pardessus gris, tête nue.

16 h 30.

Jouy téléphona d'un bar, près de l'immeuble des Garaudy. Il avait pris la jeune femme en filature après le déjeuner. Elle avait fait des achats aux Galeries Lafayette, dans une boutique de l'avenue de l'Opéra et au Louvre, toujours très vite en sachant chaque fois ce qu'elle voulait acheter : un corsage de jersey, des chaussures dont Jouy disait qu'elles étaient jolies, deux culottes en nylon, une mauve, une blanche.

« Si tu as pu voir tout ça, dit Grazzi, elle a fini par te repérer.

– Oui, au Louvre. On a bavardé. Je lui ai fichu la trouille quand je lui ai dit que je la protégeais.

– Tu lui as parlé de Rivolani et de Darrès ?

– Il fallait bien.

– Qu'est-ce qu'elle a dit ?

– Que c'était terrible, qu'elle rentrait chez elle. Elle est rentrée. Je suis en face la maison.

– Tu y restes. »

16 h 35.

Théorie du commissaire Tarquin : Georgette Thomas gagne 700 000 francs à la Loterie, l'apprend sans être sûre d'avoir bien entendu, par la radio d'une pizzeria de Marseille. Elle vérifie le lendemain dans le journal du matin, se tait.

Objection du juge d'instruction Frégard : pourquoi se taire ?

Réponse de l'inspecteur Grazziano : initiales sur du linge, initiales sur des portières de Dauphine, égoïsme forcené. En outre, pourquoi le dire ?

Théorie de Tarquin : quelqu'un, pour une quelconque raison, apprend le jeudi ou le vendredi que Georgette Thomas possède un billet de loterie qui vaut 700 000 francs. Il prend une couchette dans le Phocéen du vendredi soir, pour la suivre. Pour une quelconque raison, elle reste dans le compartiment après le départ des autres voyageurs, le quelqu'un entre ou il est là, il la tue, prend le billet de loterie, va toucher l'argent rue Croix-des-Petits-Champs.

Objection Frégard : pourquoi la tuer dans le train en prenant de tels risques ?

Réponse Grazziano : c'est le seul moment et le seul endroit possibles. Le quelqu'un sait qu'elle peut aller toucher son argent aussitôt sortie de la gare. C'est râpé.

Théorie Tarquin : le quelqu'un la tue, touche l'argent, garde les billets neufs, s'il ignore qu'on a les numéros, ou essaie de les échanger, en faisant vite.

Objection Frégard : pourquoi assassiner ensuite deux personnes du même compartiment ?

Réponse Grazziano : le quelqu'un a commis une erreur, cette erreur peut le faire prendre, il supprime les deux témoins qui le gênent.

Frégard balançait un crâne chauve, pas convaincu : il connaissait des criminels qui pouvaient tuer pour moins que rien, à peine de quoi se payer un paquet de cigarettes. L'astuce de l'ascenseur, chez Éliane Darrès, ne cadrait pas avec cette sorte de mentalité.

16 h 48.

Préfecture de Marseille : la patronne de l'*Hôtel des Messageries*, rue Félix-Pyat, trouve sur la table de nuit de Georgette Thomas, le vendredi, après son départ, douze cachets d'aspirine dans un cendrier.

Gabert téléphona peu avant cinq heures. Il avait fait sans résultat les agences de placement. Il avait une autre idée pour retrouver la jeune fille d'Avignon, il rentrait.

Grazzi lui dit qu'il en apprendrait de belles, en arrivant. Jean-Loup fit montre au bout du fil d'un intérêt poli, et reçut les nouvelles. Il dit ben, mon coco, ça m'a l'air bien parti, j'espère arriver avant que vous ayez fini.

« Prends un taxi pour revenir.

– T'en fais pas, grand chef, un beau avec le toit ouvrant. Tu regardes donc plus dehors ? »

Par la fenêtre, derrière Tarquin, Grazzi vit que la nuit tombait, que le soleil avait disparu, qu'il pleuvait.

Interrogatoire du mari, Jacques Lange.

Il était grand, plus âgé que Grazzi l'aurait cru, bel homme, bien vêtu. Il n'affectait pas plus de chagrin qu'il n'en avait, mais il devait en avoir, raide sur sa chaise, fumant une Craven, ne sachant rien, lui non plus.

Il disait que Georgette était une enfant, qu'il y avait vingt ans d'écart entre eux, qu'il n'avait jamais pu lui en vouloir. Pourtant, il avait souffert d'apprendre qu'elle le trompait. Il n'aimait pas le directeur commercial devenu revendeur de voitures. Il disait : une larve. Grazzi, qui l'avait pensé aussi, se contentait de hocher la tête. On n'en était plus là.

« Il lui arrivait d'acheter des billets de loterie, quand elle était votre femme ?

— De temps en temps, comme tout le monde.

— Des entiers ?

— Cela dépendait un peu de nos finances.

— Vous connaissez Bob Vatsky ?

— Non. Elle m'en a parlé, parce que je l'ai revue, quelquefois. Je suis resté chez Gerly, elle était chez Barlin. Dans le métier, nous étions appelés à nous rencontrer.

— Et Éric ?

— Elle m'en a parlé aussi. Lui, je crois que c'était plus grave.

— Pourquoi ?

— Si vous l'aviez entendue parler de lui, vous ne demanderiez pas pourquoi. Il est jeune, c'est presque un enfant, il a un esprit d'enfant. C'est difficile à faire comprendre, à quelqu'un qui ne la connaissait pas. Le petit Éric, elle l'aimait comme elle s'aimait, il est fait comme elle.

— Comprends pas.

— Je sais, je vous le disais.

— Vous pensez qu'il est pour quelque chose dans l'assassinat de Georgette ?

— Je n'ai pas dit ça. Mais cet assassinat n'a aucun sens. Ce qui n'a aucun sens cadre très bien avec Georgette et avec le petit Éric.

— Vous ne l'avez jamais vu.

— Elle me l'a très bien décrit, croyez-moi. Il a des idées sur les hommes et sur les animaux, il rêve d'une sorte de laboratoire en pleine campagne, il parle fort et de bien des choses qu'il ne connaît pas : le monde, la misère du monde, est-ce que je sais... Il y a six mois environ, elle est venue me voir, chez Gerly, pour cette histoire de laboratoire d'Afrique du Sud, quelque chose comme ça. Elle n'avait aucun sens des réalités. Elle voulait m'intéresser à cette affaire. Elle disait que je lui devais bien ça.

— Quelle affaire ?

— Je n'en sais rien, ils sont comme ça ! Un laboratoire en Afrique du Sud, on part en Afrique du Sud, la vraie vie, ils sont comme ça. Le lendemain, ils n'y pensent plus.

— C'est dommage pour lui qu'elle soit morte, dit Grazzi. Elle avait peut-être de quoi acheter deux billets d'avion, pour de vrai. »

C'était au tour de Lange de ne pas comprendre.

« On va vous expliquer », dit Grazzi.

Il le passa, un peu las, agacé, il ne savait par quoi, à Georges Alloyau, qui s'assit à sa place.

Pardi retrouva la trace de Cabourg dix minutes avant dix-huit heures. Mais la nuit était tombée depuis un long moment, et tout semblait aller si vite ce lundi-là, chacun avait une telle impression d'avancer, que le chef des ventes de Progine mourut de sa seconde mort sans causer la surprise qu'il méritait.

Dans le bureau des inspecteurs, Mallet pouvait déjà calculer ce que chaque cadavre rapportait à l'assassin. Il avait même dressé un « cours du cadavre » sur un dossier rose, que tout le monde venait consulter, car il l'avait punaisé sur un appui de fenêtre, derrière la table de Grazzi. Le cours baissa, quand le meurtre de Cabourg y prit sa place, passa de 233 333 anciens francs par cadavre (virgule trente-trois) à 175 000 tout net. À ce taux-là, les inspecteurs avouaient que ça ne valait plus la peine, même pour la demi-douzaine de gens qu'ils auraient volontiers empoisonnés.

Grazi regardait, mal à l'aise, le dossier rose, quand il prit le téléphone et reçut la nouvelle par Gabert.

« Qui ?

– Cabourg. Tiens-toi bien, ça vaut la peine. Pardi a fait les hôpitaux et les commissariats, mais il n'a eu finalement, pour le trouver, qu'à entrer chez les gars de Boileau. C'est le type qui s'est fait descendre dans les toilettes du Central. Pas de papiers. On savait pas qui c'était. Les gars de Boileau venaient de retrouver, de leur côté, ses empreintes digitales, au commissariat de la gare de l'Est. Il s'était fait faire une carte d'identité il y a quelques mois. »

Le service de Boileau se trouvait au même étage que celui de Tarquin, c'était presque la porte à côté.

« Quand l'a-t-on tué ?

— Samedi soir vers onze heures.

— Une balle taillée ?

— Oui. Dans la nuque.

— Et l'enquête ?

— Rien. Pas de traces. On pensait à un règlement de comptes. Qu'est-ce que tu vas faire ?

— Où tu es ?

— À l'Identité. J'ai un tuyau pour la fille d'Avignon.

— Qu'est-ce que c'est ?

— Les taxis. »

Grazzi se passait une main sur la joue, sentait sa barbe qui piquait, ne savait pas comment confier la petite d'Avignon à Pardi, qui irait plus vite, sans vexer Jean-Loup.

« Écoute, j'ai besoin de toi maintenant.

— Tu n'es pas chic, grand chef. Je l'ai, je t'assure, je vais l'avoir. »

Grazzi fit oui de la tête, au téléphone, pensant je le regretterai, on la tuera avant.

« Il me la faut, tu comprends ? supplia-t-il. Il faut que tu me la retrouves ! C'est un fou, et il ne s'arrêtera plus.

— Je l'aurai, dit Jean-Loup. Te bile pas pour elle, grand chef. »

Au même instant, les commissariats de la Seine recevaient, pour le transmettre aux gardiens de la paix, le signalement le plus précis qu'on pouvait donner de la jeune fille : elle avait une vingtaine d'années, elle était blonde, jolie, et la dernière fois qu'on l'avait vue, elle portait un manteau bleu.

Il était 18 h 05.

Couchette 223

Benjamine — dite Bambi — Bombat, sur ses lèvres le goût d'un baiser, dans sa bouche un bonbon fourré à la fraise, dans sa main une boîte d'allumettes vide qu'elle jeta au bord du trottoir, se tenait droite devant l'entrée des Grandes Lignes, serrée dans son manteau bleu, écoutant les sifflets des trains dans la gare de Lyon, se disant j'en ai marre, j'en ai marre, j'en ai marre, qu'est-ce que j'ai fait au bon Dieu pour être comme ça ?

Il était dix-huit heures quelque chose aux horloges, elle l'avait remarqué en sortant. Elle ne pleurait pas, c'était déjà bien. Elle pourrait toujours pleurer le lendemain, quand elle serait dans le bureau de M. Picard et qu'il lui dirait mademoiselle, vous êtes bien gentille, vous avez de l'orthographe et du doigté, je ne doute pas de votre sincérité ni du bien-fondé de vos arguments, mais je suis dans la triste obligation de vous envoyer vous faire voir ailleurs.

M. Picard ne lui parlerait pas sur ce ton, bien sûr, mais elle se trouverait renvoyée dès le second jour, comme une gourde, comme une bécasse, comme la fille givrée qu'elle était.

C'était Daniel qui employait le mot « givré ». Il disait : un type givré, le chauffeur est givré, j'ai rencontré à ce moment-là une fille complètement givrée. Ça voulait dire : dingue, abrutie, quelqu'un qui a du brouillard dans la tête, du brouillard dans les yeux.

Elle ne pleurait pas mais il y avait comme du brouillard dans ses yeux, qui déformait la gare, le parking devant la gare, les autobus qui partaient vers la Bastille, cette ville dont elle avait rêvé des mois, comme une bécasse, une provinciale givrée.

Demain, elle serait renvoyée. On lui prendrait peut-être la chambre. Ce serait fini avant d'avoir commencé. Trois jours avant, seulement trois jours avant, elle imaginait qu'elle poserait le pied dans Paris avec un appétit de fauve, de jolies dents de fauve lavées deux fois par jour avec Selgine – un dentifrice vraiment médical –, avec son manteau bleu clair qui datait d'un mois, avec de beaux cheveux et de jolies jambes, des yeux bleus qui lui brisaient le cœur, elle-même, quand elle se regardait dans la glace, avec de l'orthographe et du doigté, un diplôme de l'École Pigier, trois robes et trois jupes dans sa valise, cinquante mille francs dans son sac.

Au lieu de ça, il y avait eu cet imbécile, ce Bébé-Cadum, ce type, qui se rasait à peine, cet enfant gâté qui se prenait pour la merveille du monde, qui pensait que tous les autres étaient givrés, qui ne pouvait pas faire un pas sans être dans vos jambes et vous déchirer les bas, mon bébé, mon chéri, mon amour, ce Daniel.

Elle vit qu'elle était dans un autobus qui roulait vers la Bastille, qu'on lui demandait ses tickets. Elle en donna un, juste pour aller à la Bastille, elle en avait marre, elle marcherait à pied, n'importe où, le goût d'un baiser sur les lèvres, un bonbon fourré à la fraise dans la bouche, elle laisserait aller ses larmes en marchant, personne ne les verrait, il m'a déchiré trois paires de bas et je veux mourir, je le jure sur ma tête, je veux mourir si je ne dois plus le revoir.

À la Bastille, en descendant de l'autobus, les bras ballants parce qu'elle avait oublié son sac au bureau, à quatre heures, elle se dit pour la première fois : je suis passée là, il était près de moi, c'était terrible et merveilleux, si maman savait, elle s'évanouirait, mais je m'en moque, je m'en moque, tant pis, je pleure.

Elle pleurait en traversant la place, comme une gourde, une bécasse, je m'en moque, ceux qui ne veulent pas voir n'ont qu'à pas regarder, je m'en moque, et la place était immense, noire et luisante, bordée de lumières lointaines. Est-ce que je lui ai donné des sous, au moins, pour qu'il mange dans le train ?

Elle était passée là avec lui. Partout où elle irait, dans cette ville humide, elle retrouverait le chemin qu'ils avaient fait au cours de ces deux jours. C'était quand ? Samedi. En taxi.

Je ne vais pas rentrer tout de suite, se dit-elle. Je vais marcher à pied jusqu'au Palais-Royal, je trouverai un café mal éclairé où on me donnera deux œufs sur le plat, je lirai le journal en mangeant, et puis je continuerai à pied jusqu'à la rue du Bac. Je monterai chez moi et j'arrangerai la chambre, comme si de rien n'était. Ou bien je rentrerai dans un autre bar, et je ferai l'idiote. Je bavarderai avec des garçons, je danserai, je boirai des choses fortes qui vous donnent le vertige, qui vous font oublier, mais est-ce que ça existe, les choses qui font oublier Bébé-Cadum ?

Trois jours avant, le vendredi soir, elle embrassait sa mère et son petit frère sur le quai de la gare d'Avignon. Elle montait dans un train avec des dents de fauve, un sourire qui faisait dire à maman : « Tu n'as pas de chagrin de nous quitter ? » Elle répondait : « On se verra dans si peu de temps ! À la Noël. »

C'était dans trois mois, ce n'était rien. Et trois jours, qu'est-ce que c'était ?

Il se tenait tout droit, comme un piquet, à mi-chemin des toilettes et du soufflet, prêt à passer dans l'autre wagon dès qu'il verrait les contrôleurs, blond, son imperméable sur un bras, dans son costume de tweed froissé, avec des yeux de chien battu, bête comme il n'est pas croyable.

Le train partait. Il s'était penché pour l'aider à tirer la valise, il avait perdu l'équilibre, il lui avait déchiré la première paire de bas.

Elle avait dit d'un ton méchant laissez, j'y arriverai bien toute seule. Elle sentait sur sa cheville le coup qu'il lui avait donné. Son bas filait sans qu'elle pût le reprendre. Ce ne serait même pas la peine de sortir son vernis à ongles, pour en mettre sur la déchirure et l'arrêter.

Il ne s'était pas excusé, il ne savait pas le faire. Il restait là, comme un imbécile, disant c'est lourd, la regardant avec des yeux tristes relever sa robe pour voir son bas, et il avait ajouté, c'était le comble : « Il est fichu, j'ai des trucs de fer sur mes semelles, c'est maman qui me les fait mettre, j'accroche les bas de tout le monde. »

Robe retroussée de côté, train parti, collant son bas d'un doigt mouillé de salive, elle avait levé les yeux, elle l'avait vu vraiment. Il avait une jolie figure, quinze ou seize ans, un air de chien battu, et elle avait dit ça ne fait rien, ce n'est pas grave. Elle avait elle-même porté sa valise jusqu'au compartiment.

Au milieu du couloir, devant une fenêtre ouverte, il y avait la femme, Georgette Thomas, et l'homme au long nez, Cabourg. La femme, pour la laisser passer, avait juste rentré ses fesses, en la regardant avec des yeux dont elle se souviendrait toujours, elle ne savait pas pourquoi (peut-être parce qu'elle était morte), avec des yeux qui semblaient déjà la connaître, des yeux qui disaient : la voilà.

Dans le compartiment, c'était un autre univers encore, étouffant, surchauffé. La femme était à droite, l'homme à gauche, sur les couchettes du bas.

Bambi s'était allongée à sa place, pensant à maman, à ses trois robes dans la valise qu'elle aurait aimé sortir sur leurs cintres, à son bas filé. Elle avait ôté ses bas sous la couverture, puis sa robe, en se déhanchant, je ne peux quand même pas coucher avec, comment ils font les autres ?

La femme blonde, Mme Darrès, dont Daniel avait dit plus tard qu'elle était actrice, était en pyjama rose, en robe de chambre rose. Elle lisait un magazine, en levant les yeux vers Bambi de temps en temps. Elle avait dit :

« Vous avez une lampe, au-dessus de votre tête. »

Bambi avait éclairé sa lampe, dit merci, c'est bien maintenant les chemins de fer. Mais en fait, c'était la première fois qu'elle voyageait en couchette. Elle avait rangé sa robe contre la cloison, son sac à ses pieds, ses bas sous l'oreiller, elle avait lu son livre avec un bonbon au kirsch dans la bouche. Les contrôleurs étaient entrés un peu plus tard, en tirant la porte d'un grand coup.

« Hop ! C'est parti ! dit le garçon. Deux sur le plat et un demi pour le fond ! »

Bambi était assise, seule à une table, dans un café du Palais-Royal.

Elle lut l'article de *France-Soir* une seconde fois, mais il n'y avait rien. On n'avait fait que délayer les informations du matin. On disait qu'à la Police Judiciaire, on se montrait discret, qu'une arrestation était imminente. Elle cherchait en vain le nom de l'inspecteur Grazziano, celui dont Bébé-Cadum avait dit :

« Lui, j'ai confiance. »

Elle devait avoir les yeux rouges, et le garçon, en apportant le plat, lui lança un coup d'œil appuyé, se retourna deux fois en s'éloignant. Elle voulut prendre son poudrier dans son sac, se rappela qu'elle avait laissé celui-ci au bureau, rue Réaumur. Le porte-monnaie était dans la poche de son manteau, avec son mouchoir « Lundi » tout mouillé, et les bonbons que Bébé-Cadum n'avait pas voulus.

Le mouchoir « Lundi » était une idée de maman. Elle en avait brodé pour chaque jour de la semaine. Dans le train, quand elle avait revu Bébé-Cadum, il y avait eu l'histoire du mouchoir « Vendredi », le rouge à petits carrés verts.

Elle avait dû se dresser, tendre le bras pour attraper son manteau bleu, en soulevant la couverture avec elle, pour ne pas se montrer en soutien-gorge. Elle avait donné ses billets au contrôleur qui se tenait le plus près d'elle. L'autre regardait les billets de la dame aux cheveux oxygénés, l'actrice. Puis, ils avaient été obligés de réveiller l'homme qui dormait sous la couchette de Bambi, et qui s'ébrouait en grognant.

Elle avait profité de ce qu'on ne la regardait pas pour enfiler son manteau bleu et pour descendre. Elle avait passé ses chaussures, elle était sortie dans le couloir. Georgette Thomas et ce Cabourg continuaient de bavarder, côte à côte, devant la fenêtre ouverte. La jeune femme brune fumait, par grandes bouffées que l'air chassait dans le couloir. Des arbres noirs défilaient sur un ciel noir.

Les toilettes étaient occupées. Elle avait traversé le soufflet pour passer dans l'autre wagon, mais il y avait également quelqu'un dans les toilettes, elle était revenue. Dans le soufflet qui remuait sous ses pieds comme le plancher d'une attraction de fête foraine, elle se tenait à deux mains pour garder l'équilibre, elle s'était sali les doigts.

Elle avait patienté. Elle entendait les contrôleurs qui entraient dans d'autres compartiments, disant pardon-messieurs-dames. Elle avait finalement agité la poignée de la porte, comme à l'école, quand ça pressait et qu'une camarade n'en finissait pas.

La porte s'était ouverte, d'un coup, et tout de suite, en voyant ses yeux effarés, son air traqué, elle avait compris. C'était vraiment l'école, le temps d'avant le bachot, elle revenait trois ou quatre ans en arrière : le camp des professeurs et le camp des élèves, les secrets, les dénonciations, la peur des surveillants.

« Qu'est-ce que vous voulez ? »

Il s'était redressé, comme un petit coq, en voyant que ce n'était pas les contrôleurs (les surveillants). Elle avait dit :

« Faire pipi, tiens ! »

C'était un gamin qui lui avait déchiré un bas, il était blond et perdu, il murmurait avec des lèvres pleurardes :

« Ne restez pas là. Allez-vous-en. Je n'ai pas de billet.

– Vous n'avez pas de billet ?

– Non.

— Et vous vous enfermez là-dedans ? Qu'est-ce que vous croyez gagner ?

— Ne parlez pas si fort.

— Je ne parle pas fort.

— Si, vous parlez fort. »

Ils avaient entendu alors les pas des contrôleurs, la voix des surveillants, qui entraient dans le dernier compartiment du wagon, à dix pas d'eux à peine, pardon-messieurs-dames.

Bébé-Cadum avait pris son bras, c'était le premier geste décidé qu'elle avait connu de lui. Il l'avait tirée d'un coup sec, au point qu'elle avait failli crier. Comme ça, dans les toilettes. Il avait refermé la porte.

« Non, mais vous allez me laisser ! »

Il lui avait mis une main sur la bouche, comme Robert Taylor avec Deborah Kerr dans le bateau allemand, un film qu'elle avait vu en Avignon, deux mois avant, mais Robert Taylor avait des moustaches, il était brun et viril, alors que Bébé-Cadum suppliait avec des yeux d'enfant perdu :

« Ne parlez pas, je vous en prie, taisez-vous ! »

Ils étaient restés côte à côte devant la porte fermée. Elle se voyait dans la grande glace, au-dessus du lavabo, elle se disait : « Ça n'arrive qu'à moi, si maman me voyait, elle s'évanouirait. »

Il dit très bas, de sa petite voix sans accent d'élève des Jésuites, qu'il avait voulu se cacher un moment sur le marchepied du train, mais il y avait un type dans le couloir de l'autre wagon, et puis il avait peur de ne plus pouvoir ouvrir la portière, et puis il ne savait que faire de sa valise.

La valise était dans le lavabo, ventrue, en peau de porc. Un enfant gâté, un gosse de riches, tout à fait lui : son père était avocat, conseiller municipal à Nice, il le lui avait dit le lendemain, et aussi qu'il était chez les « Jéses », pensionnaire à Toulouse, qu'il redoublait sa seconde à cause des mathématiques, qu'il en avait marre, qu'il avait tout plaqué pour vivre sa vie.

On frappa à la porte. Quelqu'un demanda s'il y avait quelqu'un. Elle repoussa le gamin, en mettant un doigt sur ses lèvres, comme à l'école. Il comprit et se mit debout sur le couvercle des waters, l'air idiot, en faisant du bruit, trop de bruit. Avant d'ouvrir, elle déboutonna son manteau pour faire plus vrai : si maman me voit, elle s'évanouit.

« Oui ?

— Oh ! Pardon… »

Elle tenait la porte à demi ouverte de la main droite, un pan de son manteau de la main gauche. Les contrôleurs la regardèrent de haut en bas, le plus jeune recula d'un pas, l'autre toucha machinalement sa casquette d'une main hésitante. Elle devait être livide. Si elle tournait la tête, elle se verrait, livide et blonde dans la glace, les jambes nues sous son manteau dégrafé, c'est elle qui s'évanouirait. Elle sentait les battements de son cœur remonter dans sa gorge.

« Vous avez déjà vérifié mon billet… »

Le plus vieux dit oui, oui, répéta pardon, excusez-nous mademoiselle, et ils reculèrent ensemble, elle referma la porte, se voyant dans la glace, blonde avec des yeux effarés comme ceux de Bébé-Cadum, un genou seulement hors du manteau. Elle n'était pas livide, mais rouge à hurler.

Ils restèrent là, lui debout sur la cuvette, tête baissée, parce qu'il touchait le plafond, elle contre la porte, rouge, serrant son manteau, avec quelque chose en elle qui savait déjà ce qui arrive-rait, c'est bête, mais c'est ainsi, quelque chose en moi, rien qu'à le regarder. Il était rouge lui aussi, avec des yeux noirs qui disaient merci, bête à ne pas croire, mon amour, mon Dany, mon Daniel.

« Vous avez du noir sur la joue. »

C'est tout ce qu'il trouvait à dire, deux ou trois minutes après, quand ils furent bien certains que les contrôleurs s'étaient éloignés.

Elle avait dû passer ses doigts sales sur son visage. Ou bien c'était lui, quand il lui avait fermé la bouche, ce crétin. Elle s'essuya avec son mouchoir, en se regardant dans la glace. Il des-cendit, faillit se casser la tête en posant le pied sur sa valise, se retint à elle, sans demander pardon parce qu'il ne savait pas le faire. Il sourit, dans la glace. Tout ce qu'il savait faire, c'était sourire, avec sa jolie bouche d'enfant gâté.

« Vous en avez aussi. Là... »

Elle tendait son mouchoir, montrait des traces de suie sur le front, sur une joue sans barbe. Il s'était essuyé à son tour, tout près d'elle. Puis ils avaient lavé leurs mains, ensemble, avec le savon de la S.N.C.F. qui avait une odeur particulière, tenace, l'odeur de ce qui est fabriqué pour tous.

Il avait regardé le mouchoir rouge à carreaux verts. Il avait ri.

« Quand j'étais petit, j'en avais des comme ça. Un pour chaque jour de la semaine. »

Quand il était petit ! De temps en temps, quand il parlait, il avait l'accent du Midi, malgré les mises en boîte et les remontrances des « Jéses », un accent policé, déformé, comme en Avignon les fils de bonne famille qui ne savent pas dire pardon. Et puis brusquement, il s'était détourné, très vite, parce qu'il devait penser à maman, aux mouchoirs, que des choses tendres lui revenaient d'un coup, comme une grande vague à l'âme.

Bébé-Cadum.

Elle finissait péniblement ses œufs sur le plat quand l'idée lui vint que la clef de sa chambre était dans son sac à main.

Daniel avait laissé la porte ouverte en partant il le lui avait dit au téléphone. Il avait même téléphoné pour ça. À quatre heures de l'après-midi.

« Bambi ?

– Oui. »

C'était le premier jour de Bambi au bureau. Elle savait, quand on lui avait dit : « C'est pour vous », que ce ne pouvait être que lui.

« J'ai dû laisser la chambre ouverte, je n'avais pas la clef.

– Où es-tu ?

– À Clichy. »

Il y avait eu un long, très long silence, parce qu'elle ne savait pas quoi dire, lui non plus, et c'était gênant d'être épiée ainsi par ses nouveaux collègues.

« C'est où, Clichy ?

– Assez loin. »

Pour eux, ça voulait dire assez loin de la gare de Lyon. Tous les quartiers de Paris se situaient plus ou moins loin de l'endroit où ils avaient regardé pour la première fois cette ville humide, deux jours avant.

« C'est loin d'ici ?

– Je ne sais pas. »

Un autre silence, très long encore.

« Je m'en vais, Bambi. »

Elle n'avait pas répondu. Qu'est-ce qu'on peut répondre, avec dix regards sur vous, quand on est une bécasse ?

« Je crois que c'est mieux de rentrer chez moi. J'expliquerai à mon père. C'est lui qui parlera à la police. Tu n'auras pas d'ennuis et moi non plus. Il sait faire ça, mon père.

– Comment tu feras ?

– Je vais prendre le train, comme je suis venu. »

Elle avait voulu lui dire, elle n'avait pas pu. Si elle lui disait certaines choses, il ne saurait plus quoi faire. Et il y avait tous ces regards sur elle, attentifs, qui la paralysaient.

« Daniel… »

Elle avait quand même dit son nom, et peut-être votre voix dit-elle sur un seul nom tout ce qui vous brise le cœur, car tous les regards s'étaient détournés, gênés. Elle avait entendu des choses terribles qu'il disait très vite, ma petite Bambi, ma petite Bambi, aime, bientôt, toujours, nuit, quelque temps, Paris, Nice, toi, moi, ma petite Bambi, écoute Bambi, et il avait raccroché.

Elle avait posé le téléphone, elle était passée le long des tables, sous une fusillade de machines à écrire, sans rien renverser, sans faire un faux pas, avec une espèce de sourire qui lui tirait les lèvres contre les dents, elle s'était remise à son travail, et elle avait même tapé deux ou trois pages, sans lever la tête. Et puis, brusquement, c'était trop, elle ne pouvait plus, tant pis pour tout : elle s'était levée, elle avait couru vers son manteau, elle avait couru vers la porte, elle avait couru dans le vestibule, elle avait couru dans la rue, elle avait couru dans le hall de la gare de Lyon, elle avait couru sur le quai. Elle s'était alors aperçue qu'il était cinq heures, que le premier train pour Marseille-Nice-Vintimille partait à 17 h 50, elle avait attendu…

Ils étaient sortis dans le couloir du wagon, elle d'abord, pour voir s'il n'y avait personne. Ils étaient restés l'un devant l'autre, près du soufflet. Il lui avait dit qu'il s'était enfui de chez lui, huit jours avant, qu'il avait fait du stop jusqu'à Cannes, puis jusqu'à Marseille, une ville sale où tout le monde vous pose des questions. Il avait couché deux nuits dans une auberge de jeunesse, deux dans une salle d'attente, une dans un bistrot qui ne fermait pas, une à l'hôtel quand il avait encore des sous.

« Qu'est-ce que vous allez faire ?

— Je ne sais pas. »

Il ne savait jamais rien. Parce qu'elle était de cinq ou six ans son aînée, il lui faisait tout de suite confiance, il avait même dit madame. Ce qui l'embêtait, c'était sa valise. Il regrettait de l'avoir emportée. Bambi pensait : il faut qu'il dorme.

« Il y a une couchette vide dans mon compartiment. Attendez un peu. Quand il n'y aura plus personne dans le couloir, vous viendrez. En entrant, c'est la couchette du haut à gauche. Je suis juste au-dessous. »

Il la regardait avec une sorte d'admiration, en disant oui de la tête à chacune de ses phrases, et c'est alors qu'il l'avait appelée madame.

La jeune femme brune et Cabourg étaient toujours dans le couloir. Bambi avait penché la tête pour les voir, puis elle avait dit moi j'ai sommeil, attendez qu'il n'y ait plus personne et ne faites pas de bruit en entrant.

« Et ma valise ?

— Et alors ? Prenez-la ! »

C'est à cause de la valise que tout est arrivé. Sa sacrée valise en peau de porc dans laquelle il n'avait emporté que deux chemises et un costume de rechange, mais un tas de machins impossibles, des livres, des gants de boxe, un bateau à voile, des boîtes de conserves, du pain rassis, un service en argent qu'il pensait vendre, un flacon d'eau de Cologne pour sentir bon, pas moins de trois brosses à cheveux pour être beau.

Comme s'il n'était pas assez beau comme ça, pensait Bambi en sortant du petit café aux lampes rares, place du Palais-Royal. Ils étaient passés là aussi, le dimanche matin, la veille, mille ans avant.

Ils suivaient ce petit inspecteur en duffle-coat qui n'arrêtait pas de prendre des taxis. Onze cents francs jusqu'à la rue Fontaine, où ils avaient attendu de chaque côté d'une table, dans un bar-tabac qui faisait l'angle d'une impasse.

L'inspecteur en duffle-coat était entré au bout d'une demi-heure, sans les remarquer, il était allé au téléphone.

« Il est en train de se gourer, disait Bébé-Cadum. Ce qu'ils sont croix, les flics ! »

Être petit, être croix, c'était des expressions d'un autre monde, le sien à elle, le sien à lui. Ils venaient du même pays, c'était bon.

« Il est jeune, disait Bambi. C'est un fada. »

Dans le train, pourtant, et toute une journée, toute une nuit après, elle avait gardé des années de plus que lui, elle était restée madame.

Il y avait eu la dispute. De sa couchette, Bambi entendait Georgette Thomas qui parlait fort, elle avait même écarté le rideau derrière sa tête, pour voir ce qui se passait dans le couloir.

Cabourg était de dos, mais même de dos, il avait l'air anéanti. La femme brune avait placé une main sur son tailleur, juste au-dessous de l'épaule, les doigts bizarrement pliés comme les serres d'un rapace. Elle avait l'air de protéger un objet dans la poche intérieure de sa veste, quelque chose qu'on aurait voulu lui prendre.

Bambi avait deviné qu'elle insultait Cabourg, qu'elle lui disait des choses dures d'une voix dure, mais elle n'avait pas entendu les mots.

Plus tard, toutes lampes éteintes, Georgette Thomas était entrée dans le compartiment. Bambi l'avait vue s'étendre sur la couchette voisine, tranquille, comme si la dispute n'avait pas eu lieu. Elle était mince, belle, une silhouette en tailleur aux longues jambes, qui se couchait sur le dos. Bambi ne l'aimait pas. Elle n'avait pas compris son regard, en montant dans le train, un regard qui avait peur et qui lui faisait peur, incompréhensible.

Plus tard encore — il devait être minuit et demi ou une heure —, Cabourg était entré à son tour. Bambi l'avait vu ôter son veston et se coucher.

On était arrivé à Lyon. Il y avait des taches de lumière sur le rideau de la fenêtre, des éclats de voix, des bruits de course sur les quais. Bambi devinait qu'on vendait du café dans des gobelets en carton, des sandwiches entourés de papier transparent, comme à la gare d'Avignon. Le train était reparti.

Elle s'endormait, la bouche contre son bras, sur le ventre, quand elle avait entendu le gamin qui tirait doucement la porte du compartiment et la refermait derrière lui. Il s'était cogné à sa propre valise, il avait perdu l'équilibre, il était tombé sur quelqu'un en disant les cinq lettres, qu'est-ce que je fabrique ?

Ce qu'il fabriquait, elle se le demandait bien. Il lui venait le fou rire, sans qu'elle sût pourquoi : parce qu'elle devait l'aider à monter sa valise, parce qu'il s'accrochait à elle, qui était à moitié nue, en répétant les cinq lettres, parce qu'il tombait sur la couchette, en dessous, puis sur celle de Bambi, toujours soupirant, toujours mécontent, sans doute brisé par l'angoisse, avec des mains tâtonnantes et peureuses, un vrai crétin. Il finit par s'allonger sur la couchette inoccupée, sans oser de longtemps faire un geste, murmurant ça s'est bien passé, c'est déjà ça, j'ai failli me tromper de compartiment.

Plus tard, il s'était penché, la tête hors de la couchette, juste au-dessus d'elle, au point qu'elle pouvait parfois distinguer ses yeux. Ils avaient parlé d'un même souffle, en un chuchotement mouillé, qui devait être agaçant pour les autres. À certaines phrases, le fou rire reprenait Bambi.

Il avait seize ans. Il les avait eus en juillet. Ils

étaient du même signe du Zodiaque. Elle disait que c'était affreux d'être Cancer, on est fou. Il répondait « C'est vrai ? » d'un ton alarmé, confondant, et il ramenait un instant sa tête sur la couchette, parce que, d'être penché comme ça, il sentait son sang affluer à l'envers.

Et puis, Bambi n'avait plus ri. Il parlait de choses tristes, il parlait de lui. Il savait parler de lui. Le train roulait vers Dijon, vers Paris, loin du Collège, loin de son père avec qui il s'était disputé, pour une histoire de scooter.

Bambi s'était endormie sur le dos, sa couverture jusqu'au menton, en voyant un visage se déformer dans l'obscurité et le sommeil, un visage penché au-dessus d'elle, qu'elle connaissait depuis longtemps, je vous assure, ce que vous devez faire, c'est rentrer chez vous, ça n'a pas de sens de quitter sa maison, train qui roule, train qui roule, train qui roule.

Au matin, elle avait ouvert un œil pour le voir descendre, dans son costume de tweed froissé, son imperméable dans une main. En passant, il s'était penché sur elle, il avait chuchoté mademoiselle, il avait posé un petit baiser sec sur sa joue. Elle avait pensé : il n'a pas dû dormir. Et elle s'était rendormie.

Et puis, soudain, il était sept heures trente, le train approchait de Paris, le couloir était déjà empli de voyageurs qui fumaient aux fenêtres.

Elle avait entendu quelqu'un dire qu'il faisait froid.

Elle s'était soulevée pour passer sa robe. La femme brune, sur la couchette voisine, lui avait souri. L'actrice était déjà habillée, sa valise près d'elle. Bambi avait rejeté sa couverture qui l'embarrassait, en se disant : les hommes dorment. Et pendant tout le temps où elle passait sa robe puis ses bas filés, tendant les jambes l'une après l'autre, elle avait senti le regard de Georgette Thomas sur elle. Elle avait croisé ce regard, qui était le même que la veille, qui se détournait, incompréhensible.

Elle était allée se laver les dents et se passer un peu d'eau de Cologne sur la figure. Il y avait beaucoup de monde dans le couloir. Elle avait vu, sans y faire attention, l'homme dont plus tard Bébé-Cadum lui avait parlé. Elle se rappelait qu'il portait un pardessus gris, un peu comme celui de son oncle Charles, trop long ou trop étriqué, et qu'il avait à la main ce sac de plage, en tissu bleu, avec un écusson de Provence dessus.

Elle ne pensait pas à Bébé-Cadum. Ou alors, c'était diffus, sans importance. Il était parti, il se tirerait d'affaire.

Quand elle était revenue dans le compartiment, on arrivait. L'homme de la couchette au-dessous d'elle, qui portait une veste de cuir verte, laçait de grosses chaussures en soufflant. Cabourg était parti le premier, sans dire au revoir, sans la regarder ni regarder personne, parce qu'il devait avoir honte de la dispute de la veille. Puis l'homme à la veste de cuir, juste au moment où le train s'arrêtait, avait pris sa valise aux coins usés, avait dit bonjour mesdames, était sorti à son tour.

Bambi rangeait ses affaires de toilette. Elle revoyait très bien, maintenant, le petit salut de l'actrice, fermant deux fois la paume de la main, son sourire condescendant. Éliane Darrès était partie en laissant dans le compartiment une nappe de parfum poivré, le cou droit malgré le poids de ses bagages.

Le couloir se vidait. Georgette Thomas était devant la fenêtre aux rideaux baissés.

« Mademoiselle... »

Elles étaient seules. Bambi passait son manteau bleu. Elle se sentait fraîche et reposée, parce qu'elle avait baigné son visage, qu'elle s'était coiffée en prenant tout son temps, malgré les voyageurs qui tambourinaient à la porte des toilettes.

Georgette Thomas, de près, avait trente ans, un visage très pâle sous la chevelure très noire, de grands yeux bleus comme Bambi. Elle avait ce même regard qui chavirait quand Bambi croisait le sien, qui se détournait.

Elle voulait lui parler. Elle devait lui parler. Il fallait qu'elle lui parle.

Elle n'avait rien à lui dire, Bambi l'avait compris tout de suite. Elle disait : « Vous avez vu ce bonhomme, hier soir, c'est effrayant, non ? » D'une voix qui n'était pas convaincue, qui quêtait une réponse vague.

« Oh ! on en voit, vous savez, avait dit Bambi. Ne vous tracassez pas pour ça. »

Elle avait pris sa valise pour sortir. Mais non. Georgette Thomas s'était placée entre elle et la porte, pour la retenir, disant c'est effrayant qu'il y ait des gens comme ça, non écoutez-moi, mademoiselle Bombat, ne partez pas.

Bambi avait pensé : comment sait-elle mon nom ? Et en même temps : il va certainement vouloir sortir par le buffet ou les bureaux, quel crétin, il faut que je le rattrape.

Elle avait finalement écarté la jeune femme, en disant mais je vous en prie, laissez-moi passer, on m'attend. Et c'était bizarre, elle avait senti qu'elles avaient peur toutes les deux.

« Mais qu'est-ce que vous me voulez, à la fin ? Laissez-moi ! »

Qu'est-ce qu'elle me voulait ? pensait Bambi, marchant à travers les Halles, dans des odeurs fortes qui lui soulevaient le cœur. Maintenant, il doit être à Dijon, peut-être plus loin. À Dijon, samedi matin, je dormais, rien n'était arrivé, il était juste au-dessus de moi, il me parlait peut-être encore.

Ses pas la ramenaient vers la rue Réaumur. Elle avait quitté le bureau en plein après-midi, sans explication, le premier jour de son engagement. On la mettrait à la porte le lendemain. Il y a des soirs où il semble que le bon Dieu est contre vous, et c'est un bon Dieu impitoyable, qui ne vous laisse rien.

On l'avait engagée par lettre, sur la foi d'un diplôme, pour quatre-vingt-huit mille francs par mois, moins les charges sociales, un mois double, la prime de transport, et une chambre sous les toits, rue du Bac, avec l'eau courante et un réchaud.

Demain, M. Picard, en lui signifiant son renvoi, lui reprendrait sans doute la chambre. Le bon Dieu ne lui laisserait rien. Maman disait : « Rien que les yeux pour pleurer. »

Elle pouvait quand même passer au bureau ce soir. Elle verrait peut-être M. Picard qui devait travailler tard. Elle lui expliquerait. Il avait l'air d'un brave homme, il devait avoir une fille de son âge. Elle lui dirait : « Si votre fille avait vu Bébé-Cadum devant les barrières de sortie, à la gare de Lyon, comme je l'ai vu ce matin-là, elle aussi se serait laissé attendrir. »

Après, il faudrait expliquer la chambre, la première nuit, la seconde, des choses qui ne s'expliquaient pas.

M. Picard, d'ailleurs, ne serait pas au bureau. Il faisait nuit, il faisait froid, il faisait triste. M. Picard était rentré chez lui. Tout ce qu'elle pouvait faire, rue Réaumur, c'est déranger un concierge et reprendre son sac à main.

À huit heures, ce fameux samedi matin, il était près des couloirs de sortie, les mains dans les poches de son imperméable, un foulard de femme autour du cou. Les voyageurs le bousculaient en passant, mais il ne bougeait pas de place, il se laissait promener d'un côté, puis de l'autre, un vrai crétin.

Bambi avait posé sa valise par terre, dit eh bien, vous allez rester là, qu'est-ce que vous pensez faire ? Il avait soupiré :

« Enfin ! Qu'est-ce que vous avez fait tout ce temps ?

— Comment qu'est-ce que j'ai fait !

— Vous n'avez pas pris ma valise ?

— Comment, votre valise ?

— Nous étions d'accord…

— Comment, nous étions d'accord ! »

Il balançait la tête sans comprendre. Elle balançait la tête sans comprendre. Ils se comprirent sur un banc, côte à côte, les bagages de Bambi entre eux. Il n'arrêtait pas de remettre son écharpe en place, dans le col de son imperméable. On voyait la baie de Nice imprimée dessus.

« C'est un foulard de femme, ça.

— C'est celui de maman. Je ne sais pas pourquoi je l'ai pris en partant. Quand j'étais petit, j'aimais bien maman, j'aimais bien porter des choses à elle. Maintenant, je ne sais plus. »

L'idée, pour sortir de la gare de Lyon, venait de lui. Il disait qu'il lui avait expliqué durant la nuit ce qu'elle devait faire. Il disait qu'il avait parlé pendant une demi-heure, en se penchant vers elle, hors de la couchette. Elle n'avait pas entendu, ce devait être le moment où elle s'endormait.

« Vous deviez prendre ma valise. Vous seriez sortie avec votre billet, vous auriez laissé les valises dans le hall, vous seriez revenue avec deux tickets de quai. Après on serait sortis tous les deux.

— Je n'ai pas compris ça. Je n'ai pas entendu. Vous en avez de bonnes, vous ! »

Il la regardait avec déception et méfiance. On ne peut pas croire les adultes. Ils n'entendent jamais.

Elle avait posé une main qu'elle voulait assurée sur son bras. Elle se disait : maintenant, je fais des bêtises, pour de bon, ce que je devrais lui souhaiter, c'est de se faire prendre tout de suite et de rentrer chez lui. Il serait privé de dessert, au pire.

« Allez prendre votre valise. Où l'avez-vous laissée ?

— Dans le compartiment. Sur un porte-bagages.

— Prenez-la vite et revenez.

— On fera comme j'ai dit ?

— Oui, on fera comme vous avez dit.

— Vous ne partirez pas ? »

Elle le regardait, tout près, en éprouvant une exaltation bizarre, un peu comme celle de l'école, en plus fort. On trompe les surveillants, on prépare le chahut, en plus fort.

« Pour qui me prenez-vous ? »

Il avait dit oui de la tête, confiant, heureux, il était parti en courant vers la voie M, pour reprendre sa valise.

Elle avait attendu dix minutes, assise sur le banc, pensant je me connais, je me connais bien, je ne vais pas avoir le courage de le laisser là, je vais me mettre des ennuis par-dessus la tête, je suis folle.

Il était revenu, avec sa valise, sans courir, avec un drôle de visage, grave, paisible, méconnaissable.

« Qu'est-ce que vous avez ?

— Quoi, qu'est-ce que j'ai ? »

Elle était sortie seule, avec les deux valises et son sac à main. C'était lourd. Dans le hall, elle avait cherché longtemps dans ses poches et son porte-monnaie pour trouver deux pièces de cinquante francs. Elle avait pris deux tickets de quai à un distributeur automatique. Elle avait laissé les valises derrière la machine et elle était revenue.

Il l'attendait, de l'autre côté des barrières, avec son visage bizarre, et c'est alors qu'elle avait remarqué :

« Qu'est-ce que vous avez fait de votre écharpe ?

— J'ai dû la laisser dans le train. Venez, ça n'a pas d'importance. »

Ils étaient passés devant un contrôleur de sortie, l'un derrière l'autre, Bambi présentant les tickets. Ils s'étaient retrouvés avec les valises, sur le trottoir de la gare, dans une matinée froide et ensoleillée, devant un tohu-bohu de voitures et d'autobus.

« Bon. Au revoir », avait dit Daniel.

Il ne savait pas non plus dire merci.

« Qu'est-ce que vous allez faire ?

— Vous en faites pas pour moi.

— Si, je m'en fais. »

Ils avaient dû marcher un long moment vers la Bastille, avant que Bambi puisse faire signe à un taxi. Elle était montée. Il restait sur la chaussée, visage triste, sa valise en peau de porc à ses pieds. Elle avait dit :

« Vous venez, oui ?

– Où ? »

Elle n'avait rien trouvé à répondre. Il avait eu du mal à faire entrer sa valise dans le taxi. Il avait toujours du mal à tout. Ils s'étaient trouvés coincés l'un contre l'autre, la robe de Bambi relevée sur ses genoux, sans qu'elle pût la tirer, dans une voiture aux arrêts brusques roulant à travers des rues inconnues, où personne ne connaissait personne.

Elle avait donné l'adresse qui lui gonflait le cœur depuis quinze jours : comment était la rue du Bac ? En traversant le fleuve (Seine, Plateau de Langres, 776 kilomètres) elle avait regardé Daniel, qui était préoccupé. Elle avait dit, parce qu'elle avait besoin de se rassurer elle aussi, que tout s'arrangerait. Il avait posé sur la sienne une main tiède, aux longs doigts brunis par les vacances.

Rue du Bac, il y avait eu toute une histoire pour trouver la clef de la chambre. L'immeuble n'avait pas de concierge. Ils s'étaient adressés au bar-tabac voisin, puis aux locataires des autres étages. Bambi trouvait qu'à Paris, on n'était pas aimable.

Finalement, une jeune fille nommée Sandrine les attendait dans la chambre. Elle travaillait, elle aussi, au bureau de la rue Réaumur. Elle était venue de Nantes, un an auparavant. Elle habitait tout près de là, rue de Sèvres, une chambre semblable. M. Picard l'avait chargée d'accueillir Bambi. Elle disait que c'était dégoûtant de travailler dans une agence immobilière pour être logée comme ça. Elle regardait Daniel, en se demandant qui il était, en attendant qu'on le lui présente. Mais Bambi, regardant les toits de Paris par la fenêtre de la chambre, debout sur un tabouret, les mains dans les poches de son manteau bleu, avait oublié Bébé-Cadum.

« Je n'ai pas les clefs, dit le concierge de la rue Réaumur. Même s'il y avait le feu je n'y pourrais rien.

— Je voudrais juste prendre mon sac.

— Vous voudriez prendre n'importe quoi, leurs machines à écrire ou l'argent qu'il y a dans les coffres, ça ne changerait rien : je n'ai pas les clefs. »

Bambi tourna les talons et alla droit vers les escaliers.

« Où allez-vous ?

— Je monte au bureau. Il y a peut-être quelqu'un.

— Il n'y a personne. Tout le monde est parti. Vous savez l'heure qu'il est ? »

Il était vingt et une heures. Elle monta quand même, sonna au deuxième étage, redescendit. Le concierge attendait devant sa loge. Il ne dit rien. Il la regarda sortir dans la nuit, mains dans les poches de son manteau bleu, en pensant quelle génération, ou quelle époque, ou la fessée que je lui donnerais moi, quelque chose comme ça.

La chambre avait quatre mètres sur trois, un plafond mansardé, des murs peints en blanc. Il y avait un petit réduit dans un coin, avec un réchaud à gaz, un placard, un lavabo, et, comble de luxe, une douche entourée de rideaux en plastique jaune citron.

« J'arrangerai tout ça », avait dit Bambi.

Sandrine était restée un long moment. Elle déclarait :

« Elle est bien votre robe. Elle est bien votre coiffure, comment vous faites ? Elles sont bien vos chaussures. Elle est bien votre douche, vous trouvez pas ? »

Elle trouvait tout bien. Comme Bambi ne répondait rien, perdue dans toutes les affaires qu'elle sortait de sa valise, elle avait raconté le bureau, en un long monologue qu'elle était la seule à écouter. C'était bien, le bureau.

Tout à coup, il était presque midi. Sandrine était partie en leur donnant vaguement rendez-vous le soir, et Bébé-Cadum s'était endormi sur le lit.

La chambre était déjà transformée, à cause des photos, sur la table de nuit, des livres sur une étagère, de l'ours en peluche sur le lit, que Bébé-Cadum avait fini par coincer sous son bras et qui lui chatouillait la joue dans son sommeil.

Bambi avait pris une douche, passé son peignoir en tissu éponge rouge qu'elle avait acheté avec maman, en même temps que sa grande serviette.

Elle avait retrouvé Daniel assis sur le lit, les cheveux ébouriffés, regardant ostensiblement ailleurs. Le bruit de l'eau avait dû le réveiller. Elle avait dit :

« Vous allez prendre une douche. Vous devez être sale comme un peigne, à fréquenter l'Armée du Salut. Je ne veux pas de puces chez moi. Et puis, ça me donnera le temps de m'habiller. »

En s'habillant, elle avait regardé vers la douche et vu Bébé-Cadum en silhouette, à travers le rideau. Il devait être maigre comme un coucou. Elle se demandait ce qu'elle allait en faire.

« Comment je sors ? »

Elle lui avait tendu son peignoir éponge, et il était apparu avec les cheveux trempés, comme elle, les manches à moitié du bras, les épaules serrées à craquer les coutures, l'air malheureux. Elle était encore en combinaison, en train de chercher des bas neufs. C'est le moment qu'il avait choisi pour dire :

« Il y avait une bonne femme morte dans le compartiment. »

Si on était allés à la police tout de suite, pensait Bambi, rien ne serait arrivé. On ne me renverrait pas demain, je pourrais écrire à maman que les premiers jours se sont bien passés.

Place du Châtelet, il y avait du néon, une statue, un pont qui allait tout droit. Elle alla tout droit en se disant il a passé Dijon, il est bien capable de changer d'avis et de reprendre un train en sens inverse. Je le vois très bien frappant à ma porte, sur le coup de deux heures du matin.

Avec lui, les choses qui n'arrivent jamais arrivaient toujours.

Le samedi, ils étaient sortis de la chambre à une heure de l'après-midi, après avoir discuté à voix basse, assis côte à côte sur le lit, comme des malfaiteurs, parce qu'ils ne pouvaient parler ni l'un ni l'autre d'un tel événement d'une voix normale.

« – Je vous ai quittée quand vous étiez sur le banc. Je suis allé vers le train. Je ne me rappelais plus à quel wagon nous étions. Finalement, je l'ai retrouvé. Dans le couloir, j'ai entendu des voix. C'était dans notre compartiment. J'ai attendu dans le compartiment à côté. C'étaient des hommes qui parlaient. Surtout un, d'une voix qui commandait. L'autre me faisait l'effet d'être malade. Il avait une drôle de toux. C'est après, en y repensant dans le taxi, que ça m'a rappelé quelque chose. Sur le coup, je n'ai pas fait très attention. Je n'avais aucune raison, à ce moment-là, d'essayer d'entendre ce qu'ils disaient. J'attendais simplement qu'ils s'en aillent. J'avais peur que ce soit des contrôleurs et qu'ils me demandent mon billet. De toute manière, j'avais peur, il y avait quelque chose qui faisait peur dans leurs voix, même sans comprendre leurs paroles. Ils sont restés deux minutes, peut-être un peu plus. J'ai entendu la porte qu'on tirait pour l'ouvrir et la refermer. Puis, ils sont partis. Ils ne sont pas passés devant le compartiment où j'étais, ils sont allés dans l'autre sens, vers la sortie de la gare. Je leur ai laissé le temps de descendre, puis je suis passé dans notre compartiment pour prendre ma valise. La femme brune était sur la couchette du bas, à gauche, allongée sur le dos, toute crispée. Je n'ai jamais vu de mort, mais vous pouvez me croire, elle était morte. J'ai attrapé ma valise et je suis parti en refermant la porte. Je ne crois pas qu'on m'ait vu descendre. Il n'y avait plus personne dans le train. Je vous ai retrouvée sur le banc. »

Il répétait les mêmes phrases dix fois, presque les mêmes mots. Il n'en sortait pas. Bambi avait d'abord trouvé l'histoire idiote, puis elle s'était prise à l'inquiétude du garçon, avait échafaudé avec lui des hypothèses. Enfin, elle avait recommencé à trouver l'histoire idiote.

À force de lui parler, parce qu'il était anxieux et un peu ridicule dans le peignoir éponge, elle lui disait tu.

« Quand tu as entendu l'homme malade, ça t'a rappelé quelque chose. Qu'est-ce que c'était ?

— Un type, hier soir, quand on a quitté Marseille. J'étais assis sur le strapontin, près des toilettes. Il était dans le wagon suivant, au coin du couloir, et je le voyais par le soufflet. Il n'arrêtait pas de tousser en se raclant la gorge. De temps en temps, il me regardait. Il portait un pardessus gris, il avait un sac avec lui, un sac de plage bleu, avec un écusson : la Provence, j'ai eu le même sur une poche de blazer. Ce matin, il était dans notre couloir. Je pourrais le reconnaître : il est pâle, très maigre, il a l'air malade. »

Bébé-Cadum s'était habillé, en tournant le dos à Bambi, qui ne pouvait s'empêcher de remarquer, avec un peu d'effroi, ses chaussettes trouées, son slip plus gris que blanc, les cernes noirs qui bordaient le col de sa chemise.

« Tu n'as pas de linge propre ?

— Vous savez, depuis huit jours, j'ai guère eu le temps de le laver. Et puis, je saurais pas. Vous pourriez pas vous tourner, non ? »

Sans lui demander son avis, elle avait fouillé sa valise. En voyant les couverts en argent, dans leur coffret, au milieu du linge sale, elle avait pensé : ce n'est pas possible, il faut que je le raisonne, qu'il écrive à ses parents, qu'il rentre chez lui.

« Tu peux changer de costume. Il y en a un autre.

— Il est plein de graisse. »

Sur la route, il était tombé dans la fosse de graissage d'un garage. Il voulait voir, par en dessous, la mécanique du camion qui l'emmenait à Marseille.

« J'ai manqué une marche. »

Bambi, sans pouvoir s'expliquer pourquoi, n'avait pas eu le courage de passer une autre robe que celle du train.

Dehors, elle avait même un peu froid. Ils avaient marché longtemps. Ils étaient entrés dans un restaurant alors qu'il était près de deux heures. Ils avaient recommencé à discuter dans une salle vide, sous le regard fixe de deux serveuses. Bambi voulait aller à la police, dire tout de suite ce qu'ils savaient. En même temps, elle ne voulait pas, à cause de maman, du voyage clandestin, et lui ne voulait pas non plus, parce qu'au fond, c'était certainement un règlement de comptes, cette histoire ne les regardait pas.

Le restaurant était agréable, avec de petits rideaux à carreaux et des assiettes bretonnes. Bébé-Cadum avait pris des escargots, en demandant à Bambi si ça ne serait pas trop cher, et il avait bu, presque tout seul, une demi-bouteille de rosé qui venait de Bandol, dans le Var. Il n'avait pas l'habitude de boire, et comme il parlait trop pour manger, il était un peu excité à la fin du repas.

Il fumait les cigarettes de Bambi, avec des joues rouges qui lui allaient bien, et des yeux qui devenaient tout petits, tout petits. Elle se demandait toujours ce qu'elle allait faire de lui.

Ils avaient marché encore, vers la rue du Bac. Elle avait acheté des Gitanes dans un tabac (elle n'aimait pas ça, mais il disait qu'il les préférait aux Américaines), et il en prenait une dans le paquet quand, soudain, il lui avait dit je vais quand même voir, j'ai une idée. Il l'avait laissée là, sur le trottoir du boulevard Saint-Germain, en courant pour traverser la chaussée, entre deux flots de voitures. De l'autre trottoir, il avait crié quelque chose, qu'il reviendrait dans la soirée, qu'il prendrait sa valise. Ils s'étaient regardés d'un trottoir à l'autre. Elle avait pensé : il va faire des bêtises encore plus graves, puisque j'ai commencé, il faut que je continue, je ne peux pas le laisser partir. Il était parti.

Au Vert-Galant, sous la statue d'Henri IV, Bambi s'arrêta pour prendre un bonbon dans la poche de son manteau. Deux amoureux s'embrassaient dans la nuit, debout contre la grille d'un jardin, au bord du fleuve. Le bonbon était fourré à l'orange.

En suivant la Seine, vers les Tuileries, elle retrouverait la rue du Bac. Elle se déshabillerait dans l'obscurité pour ne pas avoir sous les yeux trop de souvenirs de la veille, elle mettrait l'oreiller sur sa tête, elle parlerait seule pour s'endormir.

Elle revoyait Daniel à la portière du wagon, deux ou trois heures auparavant. Pourquoi n'était-ce plus le crétin du premier soir dans un wagon semblable ? Pourquoi les choses changent-elles d'un soir à l'autre, si brusquement que vous ne vous reconnaissez plus vous-même ?

Elle l'avait vu, cinq minutes avant le départ du train, courant sur le quai avec sa valise d'une main, son imperméable de l'autre, les yeux plus grands et plus noirs que jamais, le visage tiré, vieilli par la fatigue.

Elle avait eu le courage, en l'attendant, de lui acheter son billet de train, le journal du soir, un paquet de bonbons, de s'enquérir s'il y avait un wagon-restaurant, et quand il avait été devant elle, de ne pas essayer de le retenir.

« Tu as quitté ton bureau ?

— Oui.

— Tu es folle.

— Qu'est-ce que ça fait ?

— Tu es folle.

— Tu me rends folle. »

Elle avait regretté aussitôt d'avoir dit ça. C'était lâche, ça lui ferait du mal. Il n'avait pas voulu les bonbons.

« Je crois que j'ai compris.

— Quoi ?

— Tout ça. Ils vont peut-être tuer quelqu'un d'autre. Je crois que j'ai compris.

— Ils vont tuer qui ?

— Je ne sais pas. Il faut que je rentre, que je parle à papa. Il a l'habitude de ces choses-là. Il y a des préfets qui viennent dîner chez nous. Ils ne nous feront pas d'ennuis. »

Il l'avait embrassée, doux comme la nuit.

Elle devait avoir l'air idiote, ses bonbons à la main, qu'il ne voulait pas, devant ces ennuis qu'elle aurait acceptés en sautant de joie. Elle avait préparé des phrases à lui dire, parce qu'elle avait vécu la scène de son départ cent fois en l'attendant. Finalement, ils ne s'étaient rien dit. Il était fatigué, angoissé pour elle et pour lui, il ne pensait qu'à cette histoire. C'était un garçon. Ils vous regardent en pensant à autre chose, puis, dans le train, ils se demandent soudain s'ils n'ont pas oublié de vous embrasser, ils sont malheureux comme les pierres.

Au dernier moment, en se rendant compte que le train partait, il l'avait vue pour de bon, elle, Bambi, sur le quai de la gare qui commençait à glisser devant lui, debout dans son manteau bleu, peut-être décoiffée, peut-être affreuse à voir, avec son paquet de bonbons dans une main, deux mille francs dans l'autre, qu'elle lui tendait, et tout ce qu'il avait trouvé à dire :

« Merde, ne me quitte pas comme ça.

– Ce n'est pas moi qui te quitte. »

Elle courait le long du train. Il avait pris les billets, il les agitait fébrilement comme un mouchoir.

« Il t'en reste ? »

Elle se sentait devenir folle, folle pour de bon, courant sur le quai, attendant un mot, n'importe quoi qu'elle pourrait tourner dans sa tête pour s'aider à vivre, et tout ce qu'il disait, c'était :

« Je te rendrai tout ça ! »

Elle avait crié à la fin, parce que les wagons allaient plus vite qu'elle, parce qu'il se penchait à la portière et qu'il était assez maladroit pour tomber, parce que c'était trop injuste :

« Daniel !

– Il y a un mot dans la chambre ! C'est vrai ! »

Il criait aussi. Et puis, plus rien : deux billets de mille francs qui de loin, de très loin, étaient vraiment devenus un mouchoir, le reflux des gens qui la bousculaient vers la sortie, la pluie qui avait cessé. Elle s'était retrouvée devant la gare, à l'entrée des grandes lignes, sur les lèvres le goût d'un baiser, dans la bouche un bonbon fourré à la fraise, dans la main une boîte d'allumettes vide qu'elle avait jetée au bord du trottoir.

Le samedi soir, Sandrine était venue vers dix-huit heures. Elles avaient attendu ensemble, en parlant du bureau, d'Avignon, de Nantes. Sandrine était blonde aussi, mais plus maigre. Elle disait que Bambi était potelée comme Dany Robin. Elle ressemblait à Dany Robin, en plus jeune. Elle trouvait Bambi très bien.

Finalement, lasses de l'attendre, elles avaient laissé un billet sur la porte. Elles étaient allées toutes les deux chez Sandrine.

La chambre était plus grande. Il y avait un petit vestibule, une vraie cuisine. Sandrine avait déjà mis la table, trois couverts parce qu'elle s'était doutée que Bébé-Cadum viendrait. Elle avait préparé un gratin dauphinois et un rosbif aux petits pois.

« Il aime ça ?

– Je ne sais pas. C'est un vague cousin, vous savez. Je ne le connais pas plus que vous. »

Bébé-Cadum était arrivé vers vingt-deux heures, alors qu'elles avaient déjà fini de dîner. Il devait être dans les nuages : en entrant, il les avait embrassées toutes les deux sur la joue, comme les enfants sages en visite.

Il n'avait presque rien mangé, pas dit un mot. En sortant, il avait avoué à Bambi qu'il s'était payé un steak dans un restaurant proche de la gare de l'Est.

« Tu avais de l'argent ?

– J'ai pris mille francs dans votre sac ce matin, pendant que vous étiez sous la douche. »

Elle n'avait pas pu, à son tour, prononcer un mot jusqu'à la rue du Bac. À la porte de l'immeuble, il lui avait dit très vite en regardant le sol qu'il ne fallait pas lui en vouloir, qu'il ne savait plus comment faire. Il répétait : c'est terrible.

« Qu'est-ce qui est terrible ? De devoir écrire à papa et maman pour leur demander pardon ? Tu es inconscient, tiens. »

De le dire, le mot plaisait à Bambi. Elle se sentait vieille, grande, protectrice. Elle n'en revenait pas d'être si grande et si vieille.

Il était vingt-trois heures. On n'entendait rien dans l'immeuble, qu'un tuyau de chauffage qui fonctionnait mal. Bambi avait descendu le matelas du lit, placé les deux draps en portefeuille, l'un sur le sommier, l'autre sur le matelas. Elle ne le regardait pas. Il ne la regardait pas. Parce qu'il était fils unique et plus pudique qu'un petit séminariste, il était allé se déshabiller derrière le rideau de la douche.

Il était revenu en pyjama rayé, D. C. brodés en grosses lettres sur la poche supérieure (Daniel Cravero), les bras ballants, dévisageant Bambi d'un regard soumis et méfiant. Elle était en combinaison blanche, pieds nus, et elle avait remarqué que sans ses hauts talons, elle était plus petite que lui.

Il s'était allongé sur le matelas, de l'autre côté de la pièce, un bras sous la tête, soupirant. Elle avait éteint pour passer sa chemise de nuit. Elle était mal à l'aise, mais plus hargneuse que mal à l'aise.

Dans le noir, alors qu'elle était couchée, il lui avait dit que c'était l'histoire du train qui était terrible, pas son histoire à lui. Si elle n'était pas fâchée, à cause du billet de mille francs que, de toute manière, il lui rendrait, il lui aurait montré le journal.

Elle avait rallumé, lu le journal.

« Ils vont vous retrouver.

— Bombat, Bombat, il y en a des tas !

— C'est plus terrible que ça. »

Il disait que son idée, en la quittant après déjeuner, c'était qu'un policier avait arrêté le meurtrier dans le compartiment, et que ce soir, il savait que c'était faux.

« Qui, le meurtrier ?

— L'homme malade. C'est l'effet que ça m'a fait, en y repensant. J'en étais sûr, c'était peut-être le vin, mais c'est exactement l'effet que ça m'a fait. Un policier était survenu, je ne sais pas comment ni pourquoi, et avait arrêté l'autre dans le compartiment. Maintenant, je ne comprends plus.

— C'est idiot. »

Plus c'était idiot, quand Bébé-Cadum était là, plus il y avait de chances pour que ce fût vrai.

Nous avons parlé pendant une bonne heure, pensait Bambi en remontant la rue du Bac, il avait mangé un steak en attendant ce Cabourg, il m'avait chipé mille francs dans mon sac, il avait pensé « Progine » — téléphoner à « Progine » — suivre Cabourg qui s'était disputé avec la femme brune. Il était astucieux et brouillon. En parlant, il s'endormait. Sur le matelas, par terre. Le lendemain matin, nous avons refait le lit ensemble. C'était hier, c'était dimanche.

« Où allez-vous aujourd'hui ? »

Il refaisait le lit avec elle, avec bonne volonté. Elle avait passé sa robe noire, ajustée, et le noir lui allait bien.

« Nulle part. Je vais arranger la chambre et laver tes affaires. Toi, tu vas écrire à tes parents. »

Elle les voyait déjà, tous les deux, Bébé-Cadum et Bambi, bien tranquilles, oubliant cette histoire dont ils n'entendraient jamais plus parler, lui écrivant sa lettre, elle cousant les rideaux, qu'elle avait achetés au Bon Marché, la veille, les adieux touchants qu'ils se feraient, les vœux de Nouvel An qu'il lui enverrait par la suite, jusqu'au temps qui viendrait vite où ce dimanche serait trop lointain, oublié.

Rien ne s'était passé ainsi. Elle n'avait pas cousu les rideaux. Il n'avait pas écrit de lettre. Il l'avait traînée de taxi en taxi, du quai des Orfèvres au Trocadéro, de Clichy au champ de courses de Vincennes, suivant sa petite idée, Bébé-Cadum détective, dans son costume de tweed froissé.

Elle avait quand même eu le temps, le matin, de laver son linge. Ils l'avaient retrouvé sec le soir en rentrant, pendu à travers la chambre, ses deux chemises manches en bas, un tricot de corps à lui près d'une culotte à elle — un coup au cœur : je ne pourrai plus, maintenant, rester dans la même chambre.

Vers midi, alors qu'ils étaient aux trousses du brun (il y avait le brun et l'inspecteur blond, et Bébé-Cadum semblait guère moins âgé qu'eux), ils s'étaient trouvés l'un contre l'autre dans un escalier d'immeuble, rue Duperré, sans pouvoir bouger ni respirer, au risque de se faire prendre. La bouche de Daniel était si près, qu'à la fin, Bambi ne pouvait plus penser à rien d'autre. Elle n'avait embrassé que deux garçons dans sa vie : un cousin quand elle avait treize ans, pour voir comment c'était, et un camarade de philo, pendant une danse, lors d'une soirée chez une amie, parce qu'elle avait un peu bu et qu'il était obstiné. Daniel, lui, avait bien d'autres soucis, collé contre elle, un bras derrière son dos. C'est à ce moment qu'il avait déchiré sa seconde paire de bas.

Le soir, après des courses à n'en plus finir, à travers Paris, ils s'étaient arrêtés sur les quais, ils avaient dîné côte à côte dans un restaurant bruyant. Bambi racontait Avignon. Elle ne voulait plus entendre parler de cette histoire. En marchant, pour rentrer, elle avait pris la main de Daniel et l'avait gardée jusqu'à la rue du Bac.

« Je regrette d'avoir craqué vos bas », avait-il dit en haut.

Il ne s'était pas détourné pendant qu'elle les ôtait. Elle ne savait plus ce qu'elle éprouvait : de la fatigue, un désir vague de retrouver sa bouche tout près. Ils s'étaient regardés, dans la chambre, pendant une longue minute, sans rien dire, elle tenant ses bas à la main, pieds nus dans sa robe noire, lui en imperméable. Puis, elle avait dit quelque chose de stupide, qu'elle regrettait, quelque chose comme : pourquoi me regardes-tu comme ça ?

Il n'avait pas répondu. Il avait demandé s'il pouvait rester, quand même. Elle avait voulu dire : pourquoi quand même ? Elle n'avait pas pu.

Il était demeuré un long moment assis sur le lit, devant elle, en imperméable, puis elle avait fait son petit pacte intérieur, elle s'était dit : si je dois être en prison demain, s'il doit y être aussi, maman aura encore plus de raisons de s'évanouir. Je l'embrasse et tant pis pour moi.

Elle s'était penchée, pieds nus, devant lui, dans sa robe noire, et elle l'avait embrassé sur la bouche, doucement, en pensant tant pis, tant pis, tant pis.

Il n'avait pas eu les gestes qu'elle attendait. Il avait juste baissé la tête, très vite, ses bras autour des jambes de Bambi, et il était resté là, visage contre sa robe, immobile, muet, un garçon.

Ce soir, comme samedi soir, comme dimanche soir, Bambi se fiait à la carotte du bar-tabac voisin pour retrouver son immeuble, rue du Bac.

La carotte était éclairée, rouge parmi les lumières rouges des autos. Elle dut rallumer la minuterie au deuxième étage. Elle entendait à nouveau le tuyau de chauffage qui fonctionnait mal. Elle montait les marches une à une, lentement, pensant : muet, immobile, un garçon, plus tard il a remonté ses mains sur moi, sans bouger la tête, ses grandes mains que j'avais regardées au restaurant, une heure avant, comme si je savais déjà.

Il lui avait déchiré la troisième paire de bas le lendemain matin — ce matin ! — en la renversant sur le lit, alors qu'elle était déjà à moitié habillée. Il avait dit merde, c'est un sort, et elle avait fait semblant de lui en vouloir pour qu'il soit doux comme la nuit, parce que le matin était différent de la nuit, parce qu'elle avait de la peine à se reconnaître et à la reconnaître. Mais c'était vrai, c'était la même gentillesse de peau, c'était la même gentillesse de lèvres, la nuit n'était pas un rêve.

Quatrième étage, encore un. La minuterie, comme le chauffage, devait être détraquée. Elle tendit le bras pour rallumer, tâtonnant dans le noir. J'ai cherché ses lèvres dans le noir, je suis restée éveillée dans ses bras toute la nuit, mon Daniel, mon Dany, mon amour, tant pis pour maman, tant pis pour demain, tant pis pour moi, la lumière revint.

Qu'est-ce qu'il a compris ? Qu'est-ce qu'il ne m'a pas dit sur le quai de la gare ? À midi, elle avait pris un taxi pour rentrer du bureau, vite, un peu ivre du manque de sommeil et du bruit des machines à écrire, les lèvres encore meurtries, au point qu'elle s'était dit toute la matinée : tout le monde doit voir sur mon visage ce qui m'est arrivé cette nuit. Elle l'avait retrouvé au restaurant du premier jour, aux assiettes bretonnes, il y avait beaucoup de monde, ils se regardaient sans pouvoir dire un mot. Il n'avait pas raconté sa chasse dans Paris.

Bambi arrivait sur le palier des chambres de bonne, pensant je vais me mettre au lit dans le noir, je lirai le mot qu'il m'a laissé demain matin, je ne veux pas le lire, et puis si, je veux le lire. À midi, c'était affreux, nous ne savions plus nous parler. Je voulais finir vite, pour pouvoir retourner un moment dans la chambre, il a compris, j'ai dit des choses idiotes contre sa joue, il m'a déshabillée doux comme cette nuit. *Mon Dieu, c'est vrai, il est revenu, c'est Daniel, il est là.*

Elle voyait de la lumière, sous sa porte. Elle crut qu'elle se trompait. Mais non, c'était bien sa porte. *Il avait pris un autre train, il était là.*

Elle franchit le couloir dans l'obscurité, parce que la minuterie s'était à nouveau arrêtée, mains en avant, tout noir sauf ce rai de lumière sur le sol et ce trou de serrure net comme un œil, pensant que ce n'est pas possible, il n'a pu descendre nulle part pour prendre un autre train, c'est vrai qu'on dirait un œil qui m'attend. Et elle s'abattit sur la porte de sa chambre, entra en même temps qu'elle l'ouvrait.

Le coup de revolver avait laissé une odeur âcre dans la pièce. Sandrine était renversée contre le lit, les jambes bizarrement molles, comme si son corps eût été de son. Elle avait entraîné un tabouret avec elle, en tombant, et sa main agrippait encore, désespérément, le reps rouge du couvre-lit, rouge comme l'horreur qui avait été son visage.

Sur la table de nuit, près de la lettre laissée par Daniel, – une feuille pliée en quatre – le cuir noir du sac à main de Bambi renvoyait le double reflet de la lampe du plafond, rond, jaune, aveuglant.

L'instant d'après – deux heures, trois heures plus tard, elle ne savait plus – c'était une chambre d'hôtel inconnue, aux meubles clairs, dans une rue près des Invalides, et Bambi était debout dans son manteau bleu, seule, le front contre la vitre d'une fenêtre, la pluie s'abattant sur son visage sans le mouiller, son visage sec.

Elle avait encore, dans la main droite, le billet de Daniel, *je t'aime* illisible, froissé, chiffonné, rien d'autre, une boule de papier qu'elle ramenait contre sa bouche, qu'elle serrait entre ses dents.

Elle s'accrochait avec les dents à ce *je t'aime*, rien d'autre, ne pas penser à Sandrine entrant dans ma chambre ouverte pour me rapporter mon sac, ne pas penser à cette horreur qui a été le visage de Sandrine, ne pas penser : elle a pris mon visage, c'est moi qui devrais être agrippée au couvre-lit. Demain, j'irai à la police. Je t'aime, j'attends que tu sois à Nice, qu'on ne puisse pas te faire du mal, je ne pense plus à rien, ce *je t'aime*, rien d'autre.

Couchette 225

Évelyne, Berthe, Jacqueline Laverte, épouse Garaudy, vingt-sept ans, jolie, bien faite, longs cheveux bruns, 1 m 60, signes particuliers : cachottière, menteuse, têtue, agaçante, contemplait avec de grands yeux bleus horrifiés le dossier rose que Mallet tendait par-dessus la table et qu'il venait d'arracher de l'appui de fenêtre. Le « cours du cadavre » avait encore baissé de 35 000 F, après l'assassinat de la petite d'Avignon.

« Cinq, ça ne vous suffit pas ?

— Vous êtes fou ! Vous êtes un sale type ! »

Elle recommençait à larmoyer, la tête dans ses jolies mains, son manteau de daim juste assez porté pour être chic.

« Vous n'arrêtez pas de mentir !

— Je ne mens pas !

— Vous avez tellement envie de faire la sixième ?

— Qu'est-ce que vous voulez que je vous dise ? Je ne sais rien.

— Il y avait six personnes dans ce compartiment. Il reste vous. Les autres aussi ne savaient rien. On leur a mis une balle dans la tête parce qu'elles ne savaient rien, nous sommes d'accord. Alors dites-moi ce que vous ne savez pas ! »

Elle secouait la tête, obstinément. Mallet chiffonnait entre ses deux mains le dossier rose, le jetait dans la corbeille à papiers à côté de lui.

« Bon courage, dit Grazzi. Continue. »

Il sortit du bureau avec un poids sur l'estomac. La fatigue ou l'écœurement.

« Elle est comment ? demanda Tarquin.

— Elle en a encore pour une heure ou deux. Elle parlera peut-être avant midi. »

Grazzi s'asseyait sur le fauteuil devant la table, une jambe sur l'autre, son carnet à la main.

Les journaux du matin relataient les meurtres de Cabourg, d'Eliane Darrès et de Rivolani. Dans le 38, en venant, Grazzi avait remarqué que des voyageurs se tournaient vers la vitre, en passant devant Progine, la succursale où Cabourg travaillait.

« Les nouvelles viennent de tous les côtés. Il y a deux jours, on aurait pu toutes les utiliser comme des pistes. Maintenant…

— Qu'est-ce qu'il y a ?

— Progine, d'abord. Samedi après-midi, quelqu'un a téléphoné pour demander au standard l'adresse de Cabourg. Une voix d'homme. Il prétendait être un client préparant la liste de ses cadeaux d'affaires, pour Noël. C'était peut-être vrai. C'est peut-être aussi comme ça que notre homme a retrouvé le pauvre type. »

Grazzi cochait des phrases sur son carnet.

« Rivolani, ensuite. Il avait des dettes.

— Moi aussi, dit Tarquin.

— Darrès. Au cours de la perquisition chez elle, on a retrouvé des relevés de banque, mais pas de chéquier.

— Et alors ? Elle en avait sans doute fini un et elle n'a pas eu le temps d'en demander un autre. À quoi tu joues ?

— Ce qui m'embête, c'est que je crois bien l'avoir vu, ce chéquier.

— Où ça ?

— Chez elle, quand j'ai ramassé son sac à main dans l'ascenseur. J'ai dû poser ensuite le sac sur un meuble dans la chambre.

— Ce serait bien la première fois qu'ils perdent quelque chose, à l'Identité. La tête, ils n'en ont pas. De toute manière, il n'y a qu'à téléphoner à la banque.

— C'est fait, Jean-Loup dit qu'elle a deux cents ou trois cent mille francs à son compte et que tout semble correct.

— Alors, fiche-moi la paix avec tes histoires. Ça ne sert qu'à nous embrouiller. De toute manière, on le tient. »

Quarante-cinq minutes avant, à dix heures exactement, Marseille avait téléphoné : aucune trace de Roger Tramoni dans les Alpes-Maritimes. L'hôtel où descendait chaque année, pour ses vacances, le garçon du bar-tabac, se trouvait à Puget-Théniers. On avait passé au crible toutes les pensions du même genre dans le département.

On avait communiqué le signalement de Tramoni à la Sûreté Nationale : taille moyenne, maigre, maladif, trente-sept ans, cheveux fournis, châtains. Pour Tarquin, c'était l'homme qui avait touché les sept cent mille francs, rue Croix-des-Petits-Champs.

« Pas trace encore des billets neufs », dit Grazzi.

On avait reçu les numéros la veille, vers cinq heures. À sept, ils devaient déjà commencer à se répandre dans la nature, par listes fraîches sorties de l'imprimerie : 14 billets de 500 nouveaux francs.

« Même avec du pot, on n'en entendra pas parler avant un jour ou deux, dit Tarquin. C'est un dingue. Il ne les a peut-être pas encore échangés.

— On a prévenu la mère de la petite Bombat, qui habite Avignon, pour qu'elle vienne reconnaître sa fille. Au bureau où elle travaillait depuis hier matin, personne ne veut s'en charger. On la connaissait à peine. De toute manière, dans l'état où ce salaud l'a laissée, même sa mère ne la reconnaîtra pas.

— Ensuite, Grazzi.

— Elle a quitté le bureau vers quatre heures, comme une folle, on ne sait pas pourquoi. Cette petite d'ailleurs, c'est malheureux, mais c'est le noir complet. Pas d'amis, pas de connaissances, rien qui la rattache à Paris. Pas de papiers sur elle, comme Cabourg. Juste des photos dans la chambre. On l'a trouvée à dix heures du soir. Gabert avait fini par avoir sa trace, par un taxi, un quart d'heure avant. On l'a tuée à neuf heures ou neuf heures quinze. À une heure près, elle s'en tirait. Le taxi s'est rappelé d'elle à cause de son manteau. Il paraît aussi qu'elle était très jolie. Il l'a amenée rue du Bac, en compagnie d'un jeune garçon. Sur celui-ci, néant.

— Quoi d'autre ?

— Rien. Des trucs sans importance. Au bartabac de Marseille, les patrons disent que Roger Tramoni était de ces passionnés du jeu qui ne jouent jamais. C'est lui qui prenait le P.M.U. et il notait ce que chacun jouait. Pour la Loterie, il notait les numéros qu'il vendait : quand quelqu'un avait gagné dix mille francs, il disait : "C'est moi qui aurais pu avoir cet argent, il m'est passé entre les mains." »

Grazzi referma son carnet en ajoutant qu'il y avait un nom pour ça.

« Je sais, dit le patron. Masochisme. »

Ce matin, il avait lui-même une figure molle de masochiste. Grazzi se leva, dit bon, dès qu'on l'a, c'est moi qui le prends, et comme le patron ne répondait pas, il finit par demander qu'est-ce qui vous chiffonne, c'est le foie ou quoi ?

« C'est le flingue, dit Tarquin. Une nana étranglée dans un train et un 45 aux balles limées, ça ne va pas ensemble. Et il y a autre chose : comment a-t-il fait pour retrouver plus vite que nous les gens qui le gênaient ? »

À 11 h 30, ce mardi-là, le triomphe prit naissance dans le couloir, s'engouffra dans le bureau des inspecteurs, passa par téléphone intérieur chez le patron, du patron chez le grand patron, puis chez le juge Frégard. Ce fut un triomphe sans éclat de voix, sans rires ni grasses plaisanteries, comme d'ordinaire, et cela valait mieux pour tout le monde, parce que dix-huit minutes plus tard exactement, douze minutes avant midi, il ne restait plus de ce moment d'optimisme qu'un souvenir amer, que chacun préférait oublier.

Pour Tarquin, qui était un homme logique et qui avait toujours pensé qu'une affaire d'assassinat, c'est un assassin, une victime et des témoins, il ne restait même plus rien du tout.

À 11 h 20, les employés de la S.N.C.F. qui avaient contrôlé les billets du Phocéen affirmaient se rappeler tous deux un homme qui correspondait au signalement de Roger Tramoni. Ils l'avaient vu dans le couloir du train.

À 11 h 30, les caissiers de la rue Croix-des-Petits-Champs reconnaissaient formellement le garçon du bar-tabac, sur un bélino que leur montrait Jouy. On le tenait. Il était à Paris. Ce n'était plus qu'une question de fiches d'hôtel, de vérifications d'identité, la routine.

« Il n'a pas pu quitter Paris avant dix ou onze heures hier soir, à cause de la petite. Mais on a Garaudy. Elle a autant d'importance, certainement, que les autres. Il doit la vouloir aussi. Il est donc encore ici. »

C'était un peu le sentiment de tout le monde, sauf peut-être de Tarquin qui pensait au revolver, et de Jean-Loup qui ne s'occupait que de son casse-tête, en questionnant distraitement, une nouvelle fois, l'épouse de l'électronicien.

À 11 h 40, coup de téléphone de l'administration des Champs de Courses. Les quatorze billets neufs étaient dans les caisses de la réunion du dimanche, à Vincennes.

« Pour un dingue, il est futé, dit Tarquin. Il aurait pu échanger ses La Fontaine un par un, dans les magasins, mais ça se remarque. Il aurait multiplié par quatorze le risque de se faire repérer. Tandis que le canasson, pardon, ça c'est une boutique ! Pas besoin de dépenser beaucoup pour écluser les billets. S'il est ladre, il a pris quatorze paris à cinq cents balles. Dix épreuves dans l'après-midi, des dizaines de guichets ouverts, de sorte qu'il n'y a qu'à passer de l'un à l'autre. Et du monde, il y en a tant qu'on ne remarque personne. »

On n'avait d'ailleurs, aux guichets, aucun souvenir de l'individu. Mallet froissait sa liste de billets neufs et l'envoyait dans le panier du patron.

« Si ça se trouve, l'enfant de garce, il a peut-être gagné sur une bourrique ou deux. »

À ce moment, Pardi entrait dans le bureau, son pardessus en poil de chameau sous le bras, mine brune et impassible, de cette démarche un peu timide qu'il avait toujours. Il était 11 h 46.

« Je l'ai retrouvé, dit-il.

– Tramoni ?

– En personne.

– Où ?

– Dans la Seine. On l'a repêché hier après-midi. Je l'ai eu chez Boileau, comme Cabourg.

Boileau commence à en avoir sa claque. Il dit que ça le déconsidère. »

Grazzi avait encore un sourire au coin des lèvres. C'était drôle : il avait la sensation physique de son propre sourire, qui se décomposait, s'affadissait par le milieu de la bouche, devenait un rictus bête, un peu pleurard.

« Tu es dingue ou quoi ? disait le patron.

– Pas du tout, répondait Tino Rossi. Il est sur le billard, je viens de le voir. Il n'y a aucun doute. Un trou dans la tête, comme les autres.

– Quand ? hurlait Tarquin.

– Criez pas comme ça. On se l'est mis jusqu'au coude, c'est certain. Il est mort samedi, au début de l'après-midi. Il était dans la Seine samedi soir, quai de la Rapée. C'est une petite fille qui l'a vu revenir à la surface. »

À 11 h 48 exactement, alors que Tarquin avait à peine eu le temps d'allumer une cigarette, tassé sur sa chaise comme un boxeur qui a trop encaissé, alors que Grazzi croyait encore à une erreur, à une coïncidence, à une plaisanterie de Pardi, n'importe quoi, Alloyau entrait à son tour dans le bureau, suivi de Gabert, son éternel casse-tête entre les doigts.

« Elle a craqué. Excusez, patron, mais j'ai juste levé le bras pour une torgnole. Je jure que je l'ai pas frappée. »

Tarquin ne savait même plus de qui on parlait.

« Garaudy, *you see* ? dit Alloyau. Elle n'était pas dans le train.

– Quoi ?

– Non. Sa place était louée, mais elle ne l'a pas utilisée. Elle a pris le train de midi. C'est une histoire de coquin, et quand on voit la fille, elle est gratinée. Son mari bossait, vendredi. Elle avait un train à midi. Au lieu de prendre celui du soir, elle est partie par celui-là. Elle a retrouvé un type à Paris, un autre électronicien qu'elle connaît. J'ai l'adresse. Elle a passé la nuit avec lui, à l'hôtel où il habite, rue Gay-Lussac. Le samedi matin, il l'a raccompagnée à la gare. Elle a pris un billet de quai. Elle est ressortie avec les voyageurs de Marseille, fraîche comme la rosée, pour embrasser belle-maman qui l'attendait. »

Devant le silence qui accueillait son petit succès, Alloyau se troubla. Il crut bien faire, en continuant d'une voix molle :

« Elle ne pouvait pas dire qu'elle ne se trouvait pas dans ce train, vous comprenez ? Elle dit que c'est trop bête, que sa vie est gâchée. Elle dit que je ne connais pas sa belle-famille. Elle pleure…

– Tu vas la fermer, dis ? »

C'était Grazzi, debout à côté du patron, son carnet dans les mains, n'osant pas baisser les yeux sur ce carnet, n'osant pas le remettre dans sa poche, n'osant pas attirer l'attention sur lui par un mouvement, son foutu carnet.

Le patron bougea, cigarette éteinte par la salive, mit la main sur le bras de Grazzi, lui donna deux petites tapes amicales, et dit c'est bon, qu'il allait torcher un rapport, qu'il ne fallait pas qu'il se bile, lui, Grazzi, si c'était râpé, c'était râpé. Il y avait un compte entre eux et ce fils de quelque chose, un jour ils l'auraient.

« Pour l'instant, on va tâcher pendant quelques jours de passer dans les couloirs sans se faire remarquer. On n'abandonne pas. On se fait petits. On avait une affaire avec une victime, un assassin, des témoins. Il ne reste plus ni témoins, ni assassin. Comme les victimes ne parlent pas, moi je fais pareil, mes cocos, je me tire. »

Sur la porte, en passant son pardessus, il dit je reviens à deux heures, on ramassera les restes, ce qu'on pourra.

Un planton se tenait sur le seuil, s'efforçant d'attirer l'attention de Grazzi. En vain, parce que Grazzi regardait le patron et que le patron ne regardait jamais personne.

« Monsieur Grazziano, dit l'agent, il y a une jeune fille Bombat, en salle d'attente. Elle dit que c'est vous qu'elle veut voir, personne d'autre. »

Grazzi n'entendait que le patron qui disait après tout, si cette enflée n'occupait pas sa couchette, c'est quelqu'un d'autre puisqu'il y avait quelqu'un. C'était pas raisonné ça ?

Grazzi écartait machinalement l'agent qui avait posé une main sur son bras, écartait aussi Gabert qui lui prenait l'autre manche (qu'est-ce qu'il avait Gabert ?), rentrait son petit carnet inutile dans la poche intérieure de son veston.

Il regardait le patron, visage luisant, ventre de femme enceinte, petits yeux fuyants. Il pensait : pourquoi me déplaît-il moins aujourd'hui, pourquoi irais-je croire qu'il est mon ami ? Il disait à l'agent d'accord, d'accord, je viens, je vais la voir.

Couchette 000

« Grazzi ? Jouy à l'appareil. J'ai Marseille pour toi.

— Qu'est-ce que c'est ?

— Un je-sais-tout.

— Prends-le. Je suis occupé avec la petite.

— C'est à toi qu'il veut parler.

— Tu le prends, oui ? »

« Georges ? Jouy à l'appareil. Qu'est-ce qu'il dit Marseille ?

— Il dit merde, c'est ce qu'on entend le mieux. Je crois que c'est un môme. Il dit qu'il n'a pas de quoi payer plus d'une unité. Il veut que Grazzi le rappelle. Il attend dans le bar-tabac de Marseille. Il dit que Grazzi comprendra.

— Passe-le-moi.

— Il a raccroché. »

« Jouy ? Grazzi. Qu'est-ce que c'était, Marseille ?

— Tout à l'heure ? Un môme. Il veut que tu le rappelles au bar-tabac. Il dit que tu comprendras.

— Il a dit son nom ?

— Depuis ce matin, si je notais les noms de tous les détectives amateurs, j'en aurais usé, des pointes Bic.

— Il y a combien de temps ?

— Dix minutes, un quart d'heure.

— Je suis dans le bureau du patron, avec la petite. Rappelle le bar-tabac et passe-le-moi. Quand je l'aurai, appelle la Préfecture de Marseille, qu'on ne le manque pas lorsqu'il quittera le téléphone. Ensuite, trouve-moi Pardi, pour qu'il ramène le patron au plus vite.

— C'est grave ?

— Tu fais ce que je te dis, oui ? »

« Vous êtes Daniel ?

— Oui. Vous m'entendez bien ?

— Qu'est-ce que vous fichez à Marseille ?

— Ce serait trop long à vous expliquer. Où est Bambi ?

— Qui ?

— Mlle Bombat, Benjamine Bombat. Je sais où vous pouvez la trouver.

— Oui ? Moi aussi, figurez-vous. Qu'est-ce que vous fichez dans ce bar-tabac ?

— Vous savez où elle est ?

— Elle est ici.

— Elle est avec vous ?

— Elle est avec moi. Cessez de crier comme ça. Que faites-vous dans ce tabac ?

— Eh bien, ce serait très long à vous expliquer.

— J'ai tout mon temps, imbécile ! Et c'est nous qui payons ! Je vous croyais rentré chez vous, à Nice.

— Vous savez qui je suis ?

— Si je ne le savais pas, je serais sourd ! On vient de me gonfler la tête avec vos idioties pendant trois quarts d'heure.

— Elle va bien ?

— Elle va très bien ! Elle est devant moi, de l'autre côté de la table, elle a la tête dans ses mains et elle inonde les dossiers du commissaire. Mais il ne peut plus rien lui arriver ! C'est vous, imbécile, qui me faites peur maintenant ! Bon sang, allez-vous me dire, oui ou non, ce que vous fichez à Marseille ?

— C'est à cause des grèves.

— Quelle grève ?

— Les chemins de fer, tiens.

— Quel jour est-on ?

— Mardi. Pourquoi ?

— C'est pas à vous que je parle ! Cessez de crier comme ça ! Bon, il y a la grève, d'accord. Si vous voulez être gentil, vous allez me raconter calmement ce que vous faites à Marseille. Sans crier.

— Je ne crie pas. Je suis à Marseille et je ne peux pas continuer à cause de la grève.

— Le train que vous avez pris, hier soir, est arrivé à Nice, depuis plus de cinq heures. Vous vous fichez de moi ?

— C'est-à-dire, je ne suis pas arrivé à Marseille par celui-là. Je suis d'abord descendu à Dijon.

— Pourquoi ?

— Vous ne comprendriez pas.

— Bon sang, allez-vous répondre à mes questions ? Vous verrez bien, si je ne comprends pas. ! C'était pour prendre un train en sens inverse ?

— Elle a pensé que je le ferais ?

— Elle a pensé que vous le feriez, oui ! Elle a même cru que c'était arrivé quand elle est rentrée chez elle. Il y avait de la lumière dans sa chambre. Seulement, ce n'était pas vous qui l'attendiez, c'était une pauvre gosse qui lui ramenait son sac à main et qu'on avait remerciée d'une balle dans le crâne ! On joue plus ! C'est bien réel ! Vous comprenez ?

— Ils ont encore tué quelqu'un ?

— La petite Sandrine. Pourquoi dites-vous “ils” ?

— Parce qu'ils sont deux.

— C'est ce que vous aviez compris, hier soir, quand vous avez vu votre petite amie à la gare ?

— Je n'avais encore rien compris du tout.

— Vous aviez compris, pourtant qu'on tuerait quelqu'un d'autre. Vous l'avez dit !

— C'était moi ce quelqu'un d'autre ! Tout ce que j'avais compris, c'est que c'était moi qu'ils cherchaient.

— Vous saviez qui ?

— Non. C'est en lisant le journal, ce matin, à la gare de Marseille, que j'ai compris. J'aurais dû comprendre avant, mais alors, vous aussi !

— Vous êtes sans doute beaucoup mieux renseigné que nous et c'est ce que je vous reproche, imbécile ! Pourquoi n'êtes-vous pas venu nous dire tout de suite ce que vous saviez ?

— Je ne voulais pas d'ennuis. J'avais vu une femme morte. Quelqu'un d'autre la trouverait, un moment plus tard. Je ne voulais pas d'ennuis. Ça ne me regardait pas, après tout !

— Ce n'est pas de samedi que je parle. C'est d'hier soir, quand vous saviez certaines choses dont nous avions besoin, et que vous avez préféré rentrer dare-dare chez papa.

— Je ne savais pas qu'ils avaient tué quelqu'un d'autre ! Je savais qu'ils me cherchaient, moi, c'est tout. Dans le train, j'ai réfléchi. Je pensais que si je m'éloignais d'elle, Bambi ne serait pas inquiétée. Après, j'ai pensé qu'ils pourraient s'en prendre à Bambi, et j'ai voulu revenir. À Dijon, il ne passait pas de train pour Paris avant ce matin. Et ce matin, c'était la grève. J'ai pris un train pour continuer vers Nice, parce que j'avais le billet, et aussi parce que papa s'occuperait mieux que moi de tout ça. Papa est avocat.

— Je sais. Vous êtes donc reparti vers Nice. Pourquoi êtes-vous descendu à Marseille ?

— Parce que j'ai vu les journaux sur le quai, à l'arrêt. C'est à ce moment que j'ai compris. Hier soir, j'ignorais totalement l'histoire de la Loterie et des numéros de billets neufs. Et les assassinats.

— Vous aviez suivi Cabourg, le premier soir. Vous ne saviez pas qu'il avait été tué ?

— Mais non ! J'ai suivi Cabourg, puis j'ai suivi la police, vous et ce type en duffle-coat, et puis j'ai suivi Grandin. Vous ne comprenez pas ? J'allais de l'un à l'autre, et c'était un vire-vire.

— Un quoi ?

— Un vire-vire. Vous savez, ce truc qu'on a, quand on est petit, avec des animaux qui tournent et qui ont l'air de se courir après. Un petit manège, quoi. Je courais après quelqu'un, qui courait après moi. En plus, je me trompais. Je donnais à ce que je voyais le sens que n'importe qui lui aurait donné. Ce matin, en lisant le journal, j'ai compris que le vire-vire était détraqué, qu'un des petits animaux tournait en sens contraire. Alors je suis venu au bar-tabac pour voir si je ne me trompais pas. J'ai appris que vous recherchiez le garçon, Roger Tramoni. Ça s'était donc bien passé comme je l'imaginais. À part que Roger Tramoni est probablement mort et que vous perdez votre temps.

– Ça, on le sait.

– Il est mort ?

– Il est mort. Depuis samedi. On l'a jeté dans la Seine. Pourquoi m'avez-vous suivi ? Pourquoi avez-vous suivi Grandin ?

– Où est Bambi ?

– Avec moi, je vous dis ! Bon sang, allez-vous écouter ?

– Qui est avec vous ? Où êtes-vous ?

– Comment, où je suis ?

– Je pense à une chose, bon Dieu ! S'il s'est trompé, hier soir, et s'il a tué Sandrine en croyant que c'était Bambi, il sait bien qui est Bambi maintenant !

– Comment ça ?

– Où êtes-vous ?

– Dans le bureau du commissaire ! Quai des Orfèvres ! Qu'est-ce que vous voulez qu'elle risque !

– Je ne sais pas. Il est fou.

– Qui ? Grandin ?

— Non. L'autre.

— Écoutez un peu, petit abruti…

— Allô ?

— Oui.

— Allô ? Vous m'entendez ?

— Oui. Écoute, mon petit. Il faut que je raccroche. Ne bouge pas. Je te rappelle. Ne bouge pas.

— Inspecteur !

— Oui.

— Vous avez compris ?

— Oui.

— Il est là ?

— Oui.

— Il m'entend ?

— Oui. »

« Mallet ? Alors ?

— Je sais plus quoi penser. La banque dit qu'elle a déjà signalé tout ça ce matin, quand il a téléphoné pour le chéquier.

— Qu'est-ce que c'était ?

— Éliane Darrès a fait un chèque de six millions la semaine dernière. Écoute Grazzi…

— Touché quand ?

— Vendredi, onze heures.

— À quel nom ?

— Rahis Alphonse. Permis de conduire de la Seine. J'ai le numéro. Jouy est parti vérifier. Le signalement correspond à celui de Grandin, *grosso modo*. Tu es sûr qu'on fait pas une connerie ?

— J'en sais rien. »

« Grazzi ? Jouy à l'appareil. Le seul Rahis Alphonse que j'ai pu trouver aux Permis de conduire est mort il y a deux ans, à la Santé. Escroquerie et tumeur au foie.

— Ça se tient. Il a pu piquer le permis dans un dossier ou quelque part. Il a changé la photo.

— Le patron est au courant ?

— Il vient d'arriver. Frégard aussi.

— Ils couvrent ?

— Maintenant oui. »

« Inspecteur Grazziano ?

— Écoute, mon petit. C'est moi maintenant qui vais poser les questions, et tu vas y répondre sagement, aussi exactement que possible. Tu comprends ?

— Comment avez-vous deviné ?

— Je n'ai rien deviné du tout. Tu avais peur. Je me suis demandé pourquoi tu avais peur. J'ai pensé à un revolver. Et aussi à un chéquier qui avait disparu. À des choses que Bambi m'a dites. À la manière dont j'ai été pris de vitesse, chaque fois. Maintenant, il faut que tu m'écoutes. Je suis assis à la table de mon patron. Mon patron est assis à côté de moi avec un écouteur, il y a près de moi deux inspecteurs qui me regardent avec des yeux ronds. Tu comprends que si tu t'es trompé, c'est grave pour tout le monde ?

— Je ne me trompe pas.

— Bien, tu vas m'expliquer ce que tu as fait, quand tu es descendu du train, après avoir repris ta valise. Tu es allé rue du Bac avec Bambi. Prends à partir de là.

— Où est-il ? Dites-le-moi.

— Dans un bureau à côté. Des agents sont chez Grandin.

— Il n'a pas protesté ?

— Non. Il dit que c'est idiot.

— Comment s'appelle-t-il ?

— Gabert. Jean-Loup Gabert.

— Il a un duffle-coat, des cheveux ondulés, des airs de fille ? C'est celui qui était avec vous ?

— Oui, il était avec moi. Quand as-tu commencé à nous suivre ? Samedi vers deux heures, trois heures ?

— Je ne sais pas. J'ai mangé avec Bambi. Puis, je l'ai laissée. Je suis allé d'abord à la gare de Lyon, pour voir. J'avais oublié mon écharpe dans le compartiment à côté. C'est une écharpe de ma mère. Imprimée. Il y a des vues de Nice dessus. J'étais embêté parce qu'elle pouvait vous faire remonter jusqu'à moi. Je n'ai pas osé la réclamer.

— Une seconde.

— Vous faites vérifier ?

— Oui. Continue. Qu'est-ce que tu croyais, à ce moment-là ?

— Que vous aviez arrêté le coupable sur le fait. Je ne savais pas comment, mais c'était l'impression que ça m'avait faite. Je pensais que c'était le type malade, que j'avais vu dans le couloir. J'avais raison d'ailleurs, on l'avait arrêté dans le compartiment. Mon impression était bonne. Seulement, c'était Gabert.

— Une chose après l'autre. Raconte calmement. Après la gare de Lyon, tu es venu au Quai des Orfèvres, c'est bien ça ?

— Oui. J'ai marché longtemps à pied. Puis j'ai pris un autobus. Je vous ai vu sortir avec Gabert. Vous parliez à un homme sous le porche. Un grand comme vous. J'ai entendu que vous alliez rue Duperré. Je voulais vous accoster. Et puis je ne voulais pas. Vous avez pris une voiture et vous êtes partis. Je suis allé moi aussi rue Duperré. Je ne savais pas le numéro, mais j'ai vu la voiture de la police arrêtée dans la rue. J'ai cherché dans les couloirs à côté. Je ne savais même pas ce que je cherchais. Finalement, j'ai cru avoir une meilleure idée. J'ai pensé à Cabourg. Je l'ai trouvé.

— Pourquoi ?

— Je ne sais pas. Il s'était disputé dans le train avec la femme que j'avais vue morte. J'étais embêté. Je crois que j'avais besoin de faire quelque chose. Vous comprenez ? Et puis, c'était le seul élément que j'avais. Je l'avais entendu parler de son travail, dans le couloir, de Progine. Je me suis mis à sa recherche. Je ne savais pas s'il s'appelait Labour ou Cabourg. Je n'avais pas fait très attention dans le train. J'ai prononcé M. "AOUR" au téléphone.

— Tu as téléphoné à Progine ?

— Oui. Je suis entré dans un café, rue Duperré. J'ai pris un Viandox. À Toulouse où je suis pensionnaire, je bois souvent du Viandox. J'ai regardé le Bottin. Il y avait plus de dix adresses de Progine. J'ai téléphoné au siège central, puis j'ai pris les succursales une par une. À la troisième, ALEsia quelque chose, je l'ai trouvé. J'ai dit que j'étais un client, que je préparais mes cadeaux d'affaires, pour Noël.

— Je sais. Tu as eu son adresse. Continue.

— Je me suis dit que j'avais le temps. J'ai encore marché à pied. Puis j'ai pris un autobus. Il n'était pas chez lui, il n'y avait pas de lumière derrière sa porte. Alors, j'ai attendu sur le trottoir. J'ai acheté le journal et j'ai vu la liste des voyageurs. Je me suis dit que le matin, je m'étais trompé, qu'on n'avait pas arrêté le coupable.

Cabourg ne venait pas. J'avais faim. Je suis entré manger un steak dans le restaurant au-dessous de chez lui. Pendant que je mangeais, tout d'un coup, je vois Cabourg qui regarde à l'intérieur du restaurant, par la vitre. Et puis, il s'en va. Le temps de payer, de sortir, il était déjà au bas de la rue. Et il y avait quelqu'un derrière lui. Le policier en duffle-coat. Au bas de la rue, Cabourg s'est mis à courir.

— Quelle heure était-il ?

— Tard. Vingt et une heures peut-être.

— Tu les as suivis jusqu'où ?

— Je ne les ai pas suivis. Devant la gare, Cabourg a pris un taxi. Je ne sais pas quelle gare, une près de chez lui. C'est plein de gares, Paris.

— La gare de l'Est. Tu l'as perdu à ce moment-là ?

— Je ne l'ai pas perdu. Il a pris un taxi. Gabert en a pris un autre derrière. Pour moi, c'était réglé. La police le suivait. De toute manière, je n'avais pas d'argent. C'est cher, un steak, à Paris. Je suis rentré chez Bambi moitié à pied, moitié en bus. Il y avait un mot sur la porte. J'ai retrouvé Bambi chez Sandrine.

— Bon, le lendemain, je sais ce que tu as fait, Bambi me l'a déjà raconté. Vous êtes d'abord venus au Quai des Orfèvres, le matin. Vous vouliez entrer et vous ne vouliez pas. Finalement, vous avez vu Gabert qui sortait, à peu près vers onze heures.

— Il a pris un taxi.

— Et il est allé rue La Fontaine interroger Mme Garaudy. Vous l'avez suivi en taxi. Pourquoi ?

— Parce que j'avais réfléchi à certaines choses. Cabourg ne pouvait pas être le coupable. D'abord, je l'avais vu s'en aller pendant que j'attendais Bambi à la sortie des quais. Ensuite, ce n'était pas l'un des deux hommes que j'avais entendus dans le compartiment à côté. Par contre, il me semblait que l'assassin était l'homme du couloir, le malade, que vous faisiez une erreur.

— Vous avez donc suivi Gabert, Bambi et toi ?

— Oui. Il est d'abord passé rue Duperré. Je suis descendu du taxi, mais je n'ai pas eu le temps de monter derrière lui, il est très vite ressorti.

— Qu'est-ce que tu pensais ?

— Rien. Nous avons continué à le suivre. Il est allé rue La Fontaine. Il y avait un bar-tabac en face de la maison. Nous avons attendu. Un moment après, il est entré dans la salle et il a téléphoné. À ce moment-là, ce qui nous inquiétait Bambi et moi, c'est que vous vous trompiez du tout au tout. J'avais vu le nom sur la porte de la rue La Fontaine. Cette Garaudy, que je ne connais pas, ne pouvait pas être dans le compartiment puisque c'est moi qui ai occupé sa couchette.

— Nous le savons. Ensuite.

— Nous avons continué à suivre Gabert. Il est revenu vers la rue Duperré. Nous l'avons perdu en route, mais il y était quand nous sommes arrivés. Bambi et moi, nous sommes restés dans un bout du couloir, sans respirer, pendant qu'il descendait avec un jeune homme brun. J'ai su depuis que c'était Éric Grandin, l'ami de Georgette Thomas.

— Ils se sont quittés en bas. Vous aviez l'impression que Gabert faisait son travail. C'est lui que vous avez continué à suivre. Quelle heure était-il ?

— Une heure, deux heures de l'après-midi. Il a repris un taxi, il est allé à Clichy. Bambi commençait à râler parce que c'était cher et que ça ne menait à rien.

— Ça vous a menés chez Rivolani.

— Oui. Le policier en duffle-coat est entré dans un couloir, à Clichy. Nous avons attendu un quart d'heure, puis il est ressorti, il a encore pris un taxi.

— Vous l'avez perdu. Vous avez pensé alors qu'il se rendait au Quai ou chez un autre témoin et vous avez abandonné.

— Nous avons déjeuné à Clichy. Pendant qu'on mangeait, on a regardé le Bottin, on a trouvé l'actrice.

— Vous êtes allés au Trocadéro.

— Oui.

— Tu étais bien décidé, à ce moment-là, à jouer les détectives ?

— Oui.

— Vincennes, c'était quand ?

— Avant. C'est vrai. On est allé à Vincennes d'abord. On en a tant fait, je m'y perds un peu.

— Pourquoi Vincennes ?

— Nous avions entendu Grandin en parler, rue Duperré, pendant qu'il descendait les escaliers. Ça m'avait paru quelque chose de dangereux et d'important. Il me semblait que Grandin voulait aider la police. En tout cas, il semblait vouloir aider Gabert. Il disait qu'il serait à Vincennes dès le début de la réunion. À Vincennes, j'ai laissé Bambi à l'entrée pour ne payer qu'une place. J'ai retrouvé Grandin devant les guichets.

— Qu'est-ce qu'il faisait ?

— Il jouait. J'ai attendu un moment, mais il ne s'est rien passé. J'ai regardé une course. Grandin est revenu près des guichets pour jouer.

— Imbécile, va.

— Je sais. Mais je me tenais assez loin de lui, il y avait du monde. J'ignorais cette histoire de

Loterie et de billets neufs. Ce matin, j'ai compris.

— Ensuite, le Trocadéro.

— Oui. Je vous ai vu avec Gabert. Vous descendiez. Gabert est revenu dans l'immeuble, vous l'avez attendu un moment dans la voiture. Bambi était dans un salon de thé, elle n'en pouvait plus.

— Et c'est moi que vous avez suivi.

— Non. Vous êtes parti avec Gabert. Bambi était au bord de la crise de nerfs. On a laissé tomber. On est allés sur les quais, puis au restaurant.

— Le lendemain. Lundi.

— Bambi est allée au bureau. Je suis retourné au Trocadéro pour parler à l'actrice.

— Pourquoi ?

— Je lui aurais tout expliqué. Elle m'aurait dit ce qu'elle savait et ce que je ne savais pas. Quand je suis arrivé chez elle, il y avait des agents devant la porte. J'ai vu Gabert qui arrivait en courant. J'ai cru qu'on arrêtait Éliane Darrès.

— Tu crois donc qu'on arrête les gens comme ça ? Avec des tas d'agents devant la porte ?

— Si j'en juge par tous ceux qui sont dans la salle où je suis, en ce moment, je le crois encore. Vous allez me mettre en prison ?

— Mais non. Ils sont là ?

— Ils sont là.

— Ne t'inquiète pas. Dis-moi ce que tu as trouvé hier après-midi, je t'expliquerai ce que tu dois faire.

— Expliquez d'abord. Je dirai ensuite. Si vous devez m'arrêter, je ne parle plus avant que mon père soit là.

— Écoute, petit. On nous amène Grandin. Gabert est dans le bureau à côté, et il nie tout en bloc si j'en crois les têtes que je vois autour de moi.

— Où est Bambi ?

— Dans un coin de la pièce où je suis. Elle a un énorme sandwich au jambon-beurre dans les mains. Elle mange avec appétit. Tu vas faire comme elle. Tu m'en as presque dit assez, mais pas tout à fait assez. On va tenir la ligne encore deux minutes, et après, tu me passeras le brigadier. Et quand je lui aurai parlé, tu le suivras gentiment où il te mènera. Là, je te rappellerai, tu comprends ?

— Bien, prévenez mon père, en tout cas.

— C'est fait depuis longtemps, figure-toi. Alors, hier après-midi ?

— Bambi est retournée au bureau. Je n'avais pas la clef et j'ai laissé la chambre ouverte. Il était 13 h 50, quelque chose comme ça, parce que Bambi rentrait à 14 h 15. Je suis allé rue Duperré.

— Pourquoi ?

— Parce que le matin, devant la maison d'Éliane Darrès, j'avais vu Grandin. Et c'était même drôle, en un sens, parce que lui aussi se cachait, comme moi. Il était en voiture, une Dauphine arrêtée un peu plus loin. Je crois maintenant que c'est de cette voiture que Gabert était sorti.

— Rue Duperré. Continue.

— Je suis monté. Vous étiez chez Grandin. J'ai écouté votre voix, sur le palier, sans m'approcher de la porte. Vous disiez : "Avez-vous entendu parler d'un nommé Rivolani, d'une nommée Éliane Darrès ?" Il a répondu que non. Je ne comprenais plus. Quand vous êtes sorti, j'ai juste eu le temps de descendre quelques marches. Vous m'auriez entendu partir devant vous. J'ai préféré remonter. Vous m'avez demandé si j'étais un ami de Grandin.

— C'était toi, le petit jeune homme en imperméable ?

— Oui. Vous m'aviez déjà vu sur le quai des Orfèvres, ou peut-être devant l'immeuble de l'actrice. En tout cas, vous m'avez donné une idée. Je suis allé chez Grandin. Je lui ai dit que j'étais en Sorbonne, que je voulais fonder un journal d'étudiants. Nous avons parlé. J'ai vu que c'était quelqu'un qui avait peur. Je suis resté peut-être dix minutes avec lui. Je lui posais des questions qui l'agaçaient sur sa chambre, sur ses photos d'animaux. Je n'osais pas lui parler du meurtre et j'ai compris que, moi aussi, j'avais peur. Je me disais que si, pour une raison ou pour une autre, je parlais de train, il serait naturel qu'il me raconte ce qui venait d'arriver à une de ses amies.

— Tu as essayé ?

— J'ai essayé. Il ne m'a rien raconté. Au contraire, à ce moment-là, c'est lui qui m'a posé des questions. D'où je venais, qui j'étais, comment j'avais su son adresse, où j'habitais. Je suis parti. J'avais peur. Je ne savais pas pourquoi, mais je l'ai compris quelques minutes après, quand je suis descendu de l'autobus pour rentrer chez Bambi. La Dauphine me suivait. J'ai pris un autre autobus, puis le métro. Je suis revenu chez Bambi, j'ai pris ma valise et je me suis éloigné de la rue du Bac. J'ai téléphoné à Bambi dans un café du Quartier latin.

— Ça va, mon petit. Passe-moi le brigadier.

— Oui. Vous ne voulez pas savoir ce que j'ai compris, ce matin en lisant le journal ?

— Maintenant, je crois que j'ai compris aussi. Je te promets que je te rappellerai tout à l'heure. Sois sage et ne t'inquiète pas. »

« Juge Frégard ? Tarquin à l'appareil.

— Vous avez trouvé quelque chose ?

— Le petit Grandin ne tiendra pas longtemps, c'est par le chèque qu'on l'aura. Son écriture correspond à celle de l'endos, tout autant qu'une écriture volontairement déformée peut se reconnaître. Pour la signature d'Éliane Darrès, c'est bien imité. Il a dû travailler longtemps pour arriver à ça. On trouvera bien un papier qui traîne encore quelque part ?

— La perquisition chez Gabert ?

— Rien. C'est un véritable musée des armes à feu. Mais pas de trace de notre revolver, ni de l'argent. On a appris qu'il était orphelin depuis l'âge de six ans et que c'est une tante qui l'a élevé en province. Je ne sais pas pourquoi, tout le monde s'imaginait ici qu'il était le fils d'un gros bonnet.

— Qui l'interroge ?

— Grazzi. Il connaît bien Gabert et il connaît bien son métier. On l'a emmené dans un local en face du Palais, pour ne pas faire trop de bruit autour de lui. Ce soir, j'espère pouvoir lâcher l'essentiel aux journaux, en douceur. Ce sera une histoire finie. »

« Pardi ? Grazzi à l'appareil. Tu as fait venir quelqu'un de la banque et des champs de courses ?

— Oui. Ça ne peut pas constituer quelque chose de propre pour Frégard. Ils ne sont sûrs qu'à moitié de l'avoir reconnu.

— Le patron m'a relayé avec Alloyau, pour Jean-Loup. Tu peux venir ? C'est ton tour. »

« Je vous le passe, il est sage.

— Daniel ?

— Oui. Ils ont parlé ?

— Non. Pas encore. Écoute, petit, une seule question, pas deux. Et je veux une seule réponse.

— Où est Bambi ?

— Elle est retournée à son bureau. Elle doit revenir ici ce soir. J'aurai besoin de toi aussi, et je vais essayer de m'arranger. Tu m'écoutes, dis ?

— J'écoute, inspecteur, j'écoute.

— Je ne comprends pas pourquoi Gabert a laissé sortir l'actrice de la gare, ni pourquoi il avait choisi de la tuer dans le train. Tu sais quelque chose qui te permette de répondre ?

— Ce n'est pas l'actrice qu'il voulait tuer.

— Qui alors ? Georgette Thomas ?

— Non. Georgette Thomas était avec eux ! Vous n'avez rien compris. C'est Bambi qu'ils devaient tuer.

— Qu'est-ce que Bambi venait faire là-dedans, bon sang ?

— Bambi, ou quelqu'un d'autre. Ça n'avait pas d'importance. Georgette Thomas devait retenir un des voyageurs du compartiment.

N'importe lequel, sauf Éliane Darrès. Gabert devait monter dans le train et le tuer.

— Alors, pourquoi Gabert avait-il décidé de tuer quelqu'un dans ce train ?

— C'était ça, précisément, leur astuce. Qu'est-ce que vous avez fait quand vous avez découvert Georgette Thomas ? Vous avez fait une enquête sur Georgette Thomas ? Ensuite, on tue quelqu'un qui était dans le même compartiment. Vous avez pensé : on tue un témoin gênant. Vous comprenez ? Gabert sait bien comment ça se passe. Il a inversé les rôles ! N'importe qui, sans motif, devient victime. La vraie victime devient témoin pour peu qu'elle ait partagé le même compartiment, et on ne songe pas à aller chercher de son côté. Surtout que Gabert ne devait pas s'en tenir là. Il aurait tué Cabourg ou Rivolani de toute manière, pour donner plus de vérité à son histoire de témoins gênants. Vous comprenez ?

— Oui. Comment as-tu pensé à ça ?

— Je vous l'ai dit. Parce qu'ils ont essayé de retenir Bambi. Parce que Grandin connaissait l'actrice et qu'il connaissait aussi Georgette Thomas, qu'elles se trouvaient dans le même train, dans le même compartiment et qu'elles ne se connaissaient pas. Ensuite, parce que, si vous pensez qu'un témoin comme Rivolani était gênant pour qui que ce soit, vous ne l'avez pas entendu dormir. La déveine de Georgette Thomas, c'est d'avoir gagné à la Loterie. Ce qu'ils voulaient à l'actrice, je n'en sais rien. Mais c'est après elle qu'ils en avaient.

— Ils ont touché, le vendredi, un chèque de six millions sur le compte d'Éliane Darrès, en faisant un faux. Il y a quelque chose de terrible dans tout ça. Quel âge as-tu ?

— Qui ? Moi ? Seize ans.

— C'est terrible. »

« Grazzi ? Tarquin. Tu peux venir, ça y est.

— Comment vous l'avez eu ?

— On lui a montré des photos de sa Georgette. Morte. »

C'est comme ça que ça finit

Question : Tu nous as dit que tu connaissais Gabert depuis plusieurs mois. Quand l'as-tu présenté à Georgette Thomas ?

Réponse : Il y a deux mois environ. Nous avons dîné ensemble dans un restaurant des Halles.

Question : Quand avez-vous résolu de tuer Éliane Darrès ?

Réponse : Ce n'est pas venu tout de suite. On s'est retrouvés plusieurs fois. Jean-Loup a parlé de son métier, de ses collègues. On a d'abord imaginé un crime sans penser à une personne en particulier. C'était un jeu. On riait parce que Georgette était naïve et qu'elle se serait fait prendre à coup sûr. Enfin, c'était comme ça. Un jour, j'ai parlé d'Éliane, parce qu'elle m'avait laissé une clef de chez elle et que je savais qu'elle avait de l'argent.

Question : Il y avait longtemps que tu n'avais pas revu Éliane Darrès ?

Réponse : Plusieurs mois. Je savais qu'elle

avait essayé de me retrouver dans un café de la place Danton où je l'avais rencontrée, mais je n'y allais plus. C'était de l'histoire ancienne.

Question : De qui est l'idée au départ ?

Réponse : De nous trois. Chacun ajoutait quelque chose, c'était encore un jeu. Puis Jean-Loup m'a dit que ça se tenait, qu'on aurait tort de ne pas en profiter. Quand j'ai compris que c'était sérieux, j'ai eu peur. J'en ai parlé à Georgette. Elle m'a dit : “Écoutons-le, ça n'engage à rien.” Un soir, on est allés chez lui, au pont d'Austerlitz. Il nous a montré ses revolvers. Il nous a dit qu'il avait un silencieux. Il n'y aurait pas de problème parce qu'il serait aussi dans le coup de l'autre côté. Il se débrouillerait d'être au bureau quand l'information arriverait. Ensuite, il serait toujours averti de ce qui se passerait.

Question : L'idée de tuer quelqu'un d'autre *avant* est de lui ?

Réponse : Il disait qu'il n'y a qu'un crime parfait, le crime sans motif. Si une enquête portait sur un assassinat et qu'on s'arrange pour tuer deux témoins — dont la véritable victime — il disait qu'il n'y avait aucun risque. Il connaissait ceux avec qui il travaillait. Ils enquêteraient sur le premier assassinat. Ils lieraient simplement les deux autres au premier. Le premier assassinat serait sans motif.

Question : Gabert avait donc prévu trois meurtres ? Et ça ne t'a pas fait reculer ?

Réponse : Je ne sais pas. Je n'avais pas l'impression que tout ça était vrai. C'est Georgette qui reculait. Je lui en ai parlé le soir même, quand nous sommes rentrés. Je croyais que Jean-Loup avait raison. Et puis, du moment qu'on acceptait de tuer quelqu'un, le nombre ne changeait rien. Je le pense toujours.

Question : Malgré Rivolani et la petite Sandrine ?

Réponse : À ce moment, j'ignorais qui ce serait. Et maintenant, quand je dis que le nombre ne change rien, c'est quelque chose d'abstrait, je ne vois pas des visages. D'abord, je n'ai jamais vu Rivolani, Cabourg ou la jeune fille. C'est peut-être pour ça que Georgette et moi, nous avions l'impression que ce n'était pas vrai.

Question : Quand avez-vous décidé de mettre votre projet à exécution ?

Réponse : Quand j'ai su qu'Éliane allait dans le Midi, pour un film.

Question : Quand l'as-tu appris ?

Réponse : Environ deux jours avant qu'elle s'en aille, le jour où j'ai trouvé le chéquier chez elle. Je surveillais sa maison depuis plusieurs jours. Quand elle sortait, j'utilisais la clef pour rentrer chez elle. Je ne dérangeais rien. Je cherchais le chéquier. Elle ne le laissait jamais. Un après-midi, elle avait dû descendre pour une course urgente, elle n'a pas emporté son sac à main. Il y avait le chéquier dedans et la lettre d'engagement pour ce film à Aix-en-Provence. J'ai pris un chèque vierge au milieu du carnet, en enlevant le talon avec une lame de rasoir. Au moment de l'enquête, Jean-Loup devait faire disparaître le chéquier pour qu'on ne puisse pas l'examiner.

Question : Comment savais-tu ce qui lui restait en banque ?

Réponse : Il y avait un compte dans son secrétaire. Je l'avais souvent vu. Elle faisait très attention à son argent. J'ai vérifié sur le chéquier, au cas où elle aurait fait un gros chèque les jours précédents.

Question : Quand as-tu rempli le chèque ?

Réponse : Ce n'est pas moi, mais Georgette. On a travaillé ensemble pendant deux soirées. On imitait la signature d'Éliane, d'après un vieux papier de Sécurité sociale que j'avais pris dans le secrétaire.

Question : La signature déposée en banque pouvait ne pas être la même.

Réponse : C'était un risque à courir. Je devais toucher le chèque vendredi matin. Si quelque chose n'allait pas, on arrêtait tout. Jean-Loup m'avait procuré un permis de conduire au nom de Rahis. On a changé la photo. À la banque j'ai attendu longtemps, mais finalement, ils ne m'ont pas fait d'histoires.

Question : Comment saviez-vous qu'Éliane Darrès, au retour, prendrait le Phocéen de vendredi ?

Réponse : Jean-Loup, pour une affaire quelconque, avait demandé les listes de réservations des trains et des avions en provenance de Marseille et de Nice. Nous pensions qu'elle resterait jusqu'à mercredi soir à Marseille, ou peut-être jeudi. Son engagement s'achevait mercredi. Georgette s'était arrangée chez Barlin, où elle était assez libre, pour intervertir deux voyages de démonstrations et pour se rendre à Marseille.

Question : Elle devait être avertie et prendre le même compartiment, c'est bien ça ?

Réponse : Non, pas le même compartiment. Je ne sais pas pourquoi elle a choisi le même compartiment. Elle devait simplement prendre le même train. Si elle revenait le jeudi, elle aurait dit chez Barlin qu'elle s'était sentie fatiguée.

Question : Tu penses qu'elle a fait exprès d'obtenir une place dans ce compartiment-là ?

Réponse : Elle a voulu tout arrêter quand elle a gagné à la Loterie. Elle oubliait que le vendredi, j'avais déjà touché le chèque. Et je n'ai eu son télégramme que vendredi.

Question : Pourquoi a-t-elle essayé de vous arrêter ? Parce qu'elle avait sept cent mille francs au lieu de six millions ?

Réponse : Vous n'avez pas connu Georgette. Elle aurait eu la moitié, le quart, le dixième, elle aurait pris ça pour un avertissement du Ciel. Elle aurait voulu tout arrêter de la même manière. Elle ne gagnait jamais à rien.

Question : Tu te rappelles le texte de ce télégramme ?

Réponse : Oui. « Projet impossible. T'expliquerai. Georgette. » J'ai pensé qu'elle se dégonflait. De toute manière, je n'ai eu le télégramme que vendredi, après la banque.

Question : Elle a pourtant dû te l'envoyer tout de suite. Et puis, nous le saurions.

Réponse : Il était adressé au Dupont-Latin. J'y laisse des trucs en consigne. Je n'y suis passé que le vendredi soir.

Question : C'est là que vous avez laissé l'argent ? Et le revolver ?

Réponse : Oui. Dans une valise de Jean-Loup.

Question : Admettons que Georgette Thomas, parce qu'elle était inquiète et croyait pouvoir faire quelque chose, ait obtenu justement une place dans le même compartiment qu'Eliane Darrès. Vous l'avez su avant qu'elle arrive ?

Réponse : Non. Pas moi, mais Jean-Loup le savait par ses listes de réservation. C'est probablement pour qu'il le sache et qu'il prenne peur qu'elle a fait ça. Il n'était pas question que l'un de nous soit interrogé comme témoin dans le même compartiment.

Question : À l'arrivée, elle a quand même essayé de retenir la jeune fille d'Avignon. Comment l'expliques-tu ?

Réponse : Ça ne s'explique pas. Georgette était comme ça. Je crois qu'au dernier moment, elle a eu peur que, par sa faute, parce qu'elle ne faisait pas ce qui était prévu, nous nous fassions prendre.

Question : Quand as-tu appris que c'est elle qui avait été tuée ?

Réponse : Quand je suis arrivé chez Jean-Loup, à onze heures. Nous devions nous retrouver là. Jean-Loup venait juste de revenir de la gare de Lyon après les premières constatations. Tramoni était resté enfermé dans l'appartement. Jean-Loup m'a expliqué que nous allions partager. J'étais comme matraqué, je ne réagissais plus.

Question : Comment Gabert a-t-il emmené Tramoni chez lui ?

Réponse : Il avait la Dauphine de Georgette. Il l'avait arrêté, en lui disant que s'il ne faisait pas d'histoire, il y avait peut-être un moyen de le tirer de là. Tramoni était un pauvre type.

Question : Quand l'avez-vous tué ?

Réponse : Au retour de la rue Croix-des-Petits-Champs. J'ignorais que Jean-Loup allait le tuer. Je pensais que cela suffisait que Georgette soit morte. Dans l'appartement du pont d'Austerlitz, il a sorti le revolver et le silencieux. Tramoni comptait les billets, il n'a même pas vu venir le coup. On a mis le corps sous un lit. Dans la nuit, vers deux ou trois heures, on l'a emporté dans la Dauphine. On l'a jeté dans la Seine, au quai de la Rapée.

Question : Vous avez ensuite tué Éliane Darrès parce que le chèque était déjà touché. Mais Cabourg ?

Réponse : Jean-Loup a d'abord dit qu'on continuait à suivre notre plan. Il disait : « On noie le poisson. » Après, il m'a avoué qu'il s'était trompé, qu'il y avait des ennuis.

Question : Il s'était aperçu qu'on l'avait entendu emmener Tramoni, qu'il y avait quelqu'un dans le compartiment à côté ?

Réponse : Oui. Il savait que c'était un des témoins, mais il ne savait pas lequel. Il s'en est aperçu quand il est revenu avec vous à la gare de Lyon pour l'enquête. Il a remarqué qu'il n'y avait plus deux valises dans le compartiment, mais une seule. Il avait cru que Georgette, pour ses démonstrations, avait deux valises. Si quelqu'un était entré dans le compartiment avant l'employé des chemins de fer, ce quelqu'un pouvait l'avoir vu. Et ce quelqu'un était un des voyageurs du compartiment, puisqu'il avait repris sa valise.

Question : C'était tout ?

Réponse : Non. Il y avait eu un incident qui ne lui paraissait pas clair, dans le voyage. Une dispute avec Cabourg. Tramoni nous l'avait dit. Cabourg vous a téléphoné son adresse, le soir. Jean-Loup m'a dit ensuite qu'il ne voulait pas courir de risques. Il l'a suivi et l'a tué au Central, après l'entracte. Je n'ai été au courant que le lendemain.

Question : De qui est l'idée de l'ascenseur ?

Réponse : De moi. Un jour qu'elle m'avait fait attendre sur son palier, j'avais arrêté Éliane dans l'ascenseur pour plaisanter. J'ai expliqué à Jean-Loup comment il fallait faire.

Question : Ce n'est pas toi qui as tué Éliane Darrès ?

Réponse : Je n'ai tué personne. Je ne savais plus comment arrêter ça. Jean-Loup disait que c'était nécessaire. Après Tramoni, il ne pensait plus qu'à tuer. Il disait que c'était facile quand on avait commencé. J'ai su que Rivolani était mort par les journaux de ce matin. C'est vous qui m'avez appris qu'il avait tué aussi la jeune fille.

Question : Depuis quand Gabert savait-il que Mme Garaudy n'était pas dans le train ?

Réponse : Depuis le début, c'est lui qui a eu les contrôleurs au téléphone, le premier jour. Ils cochent les noms des voyageurs sur un registre.

Ils n'avaient pas coché celui de Mme Garaudy. Jean-Loup n'a eu qu'à se taire là-dessus. Quand il a interrogé Mme Garaudy, il savait qu'elle mentait, mais puisqu'elle affirmait avoir voyagé dans ce train, ça ne pouvait que vous embrouiller.

Question : Gabert savait aussi que quelqu'un avait effectivement occupé la couchette. Ça ne l'inquiétait pas ?

Réponse : Si. Il y avait beaucoup d'autres choses qui l'inquiétaient. Des bêtises de Tramoni. Il s'était beaucoup trop montré dans le train. Et puis, il avait trouvé le billet de loterie sur Georgette, dans un tube d'aspirine vide. Nous l'avons appris ensuite, les témoins se rappelaient que Georgette, pendant le voyage, avait pris ce tube dans sa valise. Elle voulait probablement le garder sur elle. Elle faisait les choses comme ça. Mais Tramoni n'avait rien trouvé de mieux que de remettre le tube vide dans la valise. Jean-Loup disait que c'est avec des idioties pareilles qu'on se fait prendre.

Question : Tramoni a-t-il expliqué comment il s'était trouvé au courant des sept cent mille francs ?

Réponse : C'était un pauvre type. Quand je l'ai vu chez Jean-Loup, il tremblait de tous ses membres. Il nous a dit qu'il voulait seulement lui prendre le billet. Ensuite, il ne voulait pas qu'elle crie. Il notait tous les numéros de billets qu'il vendait. Comme elle ne racontait pas qu'elle avait gagné, il a pensé qu'elle n'avait pas regardé le journal, qu'elle ne savait pas. Il a pris son congé annuel et il l'a suivie à Paris. Je ne sais pas comment il pensait en sortir. Je crois qu'il était idiot.

Question : Et vous, comment pensiez-vous vous en sortir ?

Réponse : Je ne sais pas. J'avais confiance en Jean-Loup. Quand on parlait tous les trois, chez lui, tout était simple, et on n'imaginait pas les visages. Je n'avais jamais vu de revolver avant qu'il m'en montre un.

Question : Pourquoi le détestes-tu ?

Réponse : Je ne le déteste pas.

Question : Pourquoi le charges-tu ?

Réponse : Parce que ça n'a plus d'importance. Parce que ça ne changera rien. Parce que le chèque était touché quand il est monté dans le train. Si Tramoni ne l'avait pas fait, il aurait tué Georgette. J'en suis sûr. *Il lui fallait quelqu'un.*

Question : Quelle était la raison de votre projet ?

Réponse : Je ne comprends pas la question.

Question : Pourquoi avez-vous fait ça ?

Réponse : Je ne sais pas. On voulait partir en Afrique du Sud ou en Australie. J'y serais allé d'abord, avec les six millions d'Eliane, puis, un peu plus tard, Georgette serait venue me rejoindre. Peut-être aussi Jean-Loup. Je ne sais pas. On aurait fait quelque chose. On serait partis.

L'homme qu'on appelait Grazzi était accoudé à la table, seul dans le bureau du patron, le front dans la main gauche, les deux dernières balles d'un barillet de Smith et Wesson dans la main droite. Il pensait à son fils endormi, Dino, trois ans et sept mois, petits poings fermés sur l'oreiller, à des bêtises, comme toujours. Quand le patron entra, il posa lentement les deux balles droites devant lui.

Le patron le regarda, ferma la porte, vint jeter les pages dactylographiées qu'il avait à la main sur la table, et dit alors monsieur Holmes, ça va la santé, je devais aller au ciné ce soir, mais je crois que c'est cuit. Il prit une cigarette dans la poche supérieure de son veston, dit que cette peau de vache de Frégard avait l'air soulagé, du feu s'il te plaît, on me pique toujours mes allumettes.

La porte s'ouvrit à nouveau, et Mallet passa la tête à l'intérieur de la pièce pour dire que la petite était dans le couloir.

« La barbe, dit Grazzi, j'allais oublier. »

Il demanda Marseille au téléphone. Il dit au patron qu'il allait lui rendre sa place, il ramenait seulement le gosse à Paris. La jeune fille blonde entra d'un pas hésitant, et le patron lui dit entrez donc, petite, asseyez-vous dans ce fauteuil, comment ça va, le boulot ?

Elle ne dit rien. Elle resta debout devant la table, son joli visage un peu pâle éclairé par la lampe. Grazzi la regardait en parlant au téléphone :

« Écoute, petit. Il est sept heures. Dans une heure on va te conduire à Marignane. J'ai l'accord de ton père. Un avion militaire, qui vient d'Algérie, va te prendre à bord. Je t'attendrai au Bourget.

– À quelle heure j'arrive ?

– Vers onze heures. Pour cette nuit, je me suis arrangé avec ton père. Demain, il te rejoindra ici.

– Pour me défendre ?

– Non, pour t'apporter du linge propre. Il faudra peut-être que tu rencontres Gabert et Grandin, ça te va ?

– À voir quelqu'un, je préfère voir quelqu'un d'autre.

– Je te laisse quinze secondes et je raccroche. »

Pendant que la jeune fille prenait l'appareil, droite dans son manteau bleu, ses cheveux blonds illuminés par la lampe, le patron tirait sur sa cigarette en époussetant de la cendre sur son veston, le visage luisant comme d'habitude, les traits un peu tirés.

Grazzi fit le tour de la table. Il entendait vaguement la voix du jeune garçon qui parlait au bout du fil. Mademoiselle Benjamine Bombat se tenait très droite devant la lampe, elle leur tournait le dos, elle ne répondait que par des signes de tête silencieux, oui, oui, oui. Le garçon disait tu m'entends, allô, ils vont me ramener, allô, je vais te voir, je te verrai ce soir, allô, tu m'écoutes, tu ne réponds pas, Bambi. Il disait Bambi, ma petite Bambi, et sans un mot, juste par un mouvement de ses cheveux blonds sous la lampe, elle répondait oui, oui, oui.

Paris, janvier 1962.

DU MÊME AUTEUR

Aux Éditions Gallimard

ROMANS POLICIERS, Quarto, 2011

Aux Éditions Denoël

COMPARTIMENT TUEURS (Folio n° 563 et Folio Policier n° 67).

PIÈGE POUR CENDRILLON (Folio n° 1950 et Folio Policier n° 73).

LA DAME DANS L'AUTO AVEC DES LUNETTES ET UN FUSIL (Folio n° 1223 et Folio Policier n° 43).

L'ÉTÉ MEURTRIER (Folio n° 1296 et Folio Policier n° 20).

LA PASSION DES FEMMES (Folio n° 1950).

UN LONG DIMANCHE DE FIANÇAILLES (Folio n° 2491).

LES MAL PARTIS (Folio n° 3536).

Écrits pour l'écran

ADIEU L'AMI (Folio n° 1777 et Folio Policier n° 170).

LA COURSE DU LIÈVRE À TRAVERS LES CHAMPS (Folio n° 1781).

LE PASSAGER DE LA PLUIE (Folio n° 2606 et Folio Policier n° 21).

COLLECTION FOLIO POLICIER

Dernières parutions

465.	Ken Bruen	*Toxic Blues*
466.	Larry Beinhart	*Le bibliothécaire*
467.	Caryl Férey	*La jambe gauche de Joe Strummer*
468.	Jim Thompson	*Deuil dans le coton*
469.	Jim Thompson	*Monsieur Zéro*
470.	Jim Thompson	*Éliminatoires*
471.	Jim Thompson	*Un chouette petit lot*
472.	Lalie Walker	*N'oublie pas*
473.	Joe R. Lansdale	*Juillet de sang*
474.	Batya Gour	*Meurtre au Philharmonique*
475.	Carlene Thompson	*Les secrets sont éternels*
476.	Harry Crews	*Le Roi du K.O.*
477.	Georges Simenon	*Malempin*
478.	Georges Simenon	*Les rescapés du Télémaque*
479.	Thomas Sanchez	*King Bongo*
480.	Jo Nesbø	*Rue Sans-Souci*
481.	Ken Bruen	*R&B – Le Mutant apprivoisé*
482.	Christopher Moore	*L'agneau*
483.	Carlene Thompson	*Papa est mort, Tourterelle*
484.	Leif Davidsen	*La Danois serbe*
485.	Graham Hurley	*La nuit du naufrage*
486.	John Burdett	*Typhon sur Hong Kong*
487.	Mark Henshaw / John Clanchy	*Si Dieu dort*
488.	William Lashner	*Dette de sang*
489.	Patrick Pécherot	*Belleville-Barcelone*
490.	James Hadley Chase	*Méfiez-vous, fillettes !*
491.	James Hadley Chase	*Miss Shumway jette un sort*
492.	Joachim Sebastiano Valdez	*Celui qui sait lire le sang*
493.	Joe R. Lansdale	*Un froid d'enfer*
494.	Carlene Thompson	*Tu es si jolie ce soir*

495. Alessandro Perissinotto — *Train 8017*
496. James Hadley Chase — *Il fait ce qu'il peut*
497. Thierry Bourcy — *La cote 512*
498. Boston Teran — *Trois femmes*
499. Keith Ablow — *Suicidaire*
500. Caryl Férey — *Utu*
501. Thierry Maugenest — *La poudre des rois*
502. Chuck Palahniuk — *À l'estomac*
503. Olen Steinhauer — *Niet camarade*
504. Christine Adamo — *Noir austral*
505. Arkadi et Gueorgui Vaïner — *La corde et la pierre*
506. Marcus Malte — *Carnage, constellation*
507. Joe R. Lansdale — *Sur la ligne noire*
508. Matilde Asensi — *Le dernier Caton*
509. Gunnar Staalesen — *Anges déchus*
510. Yasmina Khadra — *Le quatuor algérien*
511. Hervé Claude — *Riches, cruels et fardés*
512. Lalie Walker — *La stratégie du fou*
513. Leif Davidsen — *L'ennemi dans le miroir*
514. James Hadley Chase — *Pochette surprise*
515. Ned Crabb — *La bouffe est chouette à Fatchakulla*
516. Larry Brown — *L'usine à lapins*
517. James Hadley Chase — *Une manche et la belle*
518. Graham Hurley — *Les quais de la blanche*
519. Marcus Malte — *La part des chiens*
520. Abasse Ndione — *Ramata*
521. Chantal Pelletier — *More is less*
522. Carlene Thompson — *Le crime des roses*
523. Ken Bruen — *Le martyre des Magdalènes*
524. Raymond Chandler — *The long good-bye*
525. James Hadley Chase — *Vipère au sein*
526. James Hadley Chase — *Alerte aux croque-morts*
527. Jo Nesbø — *L'étoile du diable*
528. Thierry Bourcy — *L'arme secrète de Louis Renault*
529. Béatrice Joyaud — *Plaisir en bouche*
530. William Lashner — *Rage de dents*
531. Patrick Pécherot — *Boulevard des Branques*
532. Larry Brown — *Fay*
533. Thomas H. Cook — *Les rues de feu*

534. Carlene Thompson — *Six de Cœur*
535. Carlene Thompson — *Noir comme le souvenir*
536. Olen Steinhauer — *36, boulevard Yalta*
537. Raymond Chandler — *Un tueur sous la pluie*
538. Charlie Williams — *Les allongés*
539. DOA — *Citoyens clandestins*
540. Thierry Bourcy — *Le château d'Amberville*
541. Jonathan Trigell — *Jeux d'enfants*
542. Bernhard Schlink — *La fin de Selb*
543. Jean-Bernard Pouy — *La clef des mensonges*
544. A. D. G. — *Kangouroad Movie*
545. Chris Petit — *Le Tueur aux Psaumes*
546. Keith Ablow — *L'Architecte*
547. Antoine Chainas — *Versus*
548. Joe R. Lansdale — *Le mambo des deux ours*
549. Bernard Mathieu — *Carmelita*
550. Joe Gores — *Hammett*
551. Marcus Malte — *Le doigt d'Horace*
552. Jo Nesbø — *Le sauveur*
553. Patrick Pécherot — *Soleil noir*
554. Carlene Thompson — *Perdues de vue*
555. Harry Crews — *Le Chanteur de Gospel*
556. Georges Simenon — *La maison du juge*
557. Georges Simenon — *Cécile est morte*
558. Georges Simenon — *Le clan des Ostendais*
559. Georges Simenon — *Monsieur La Souris*
560. Joe R. Lansdale — *Tape-cul*
561. William Lashner — *L'homme marqué*
562. Adrian McKinty — *Le Fils de la Mort*
563. Ken Bruen — *Le Dramaturge*
564. Marcus Malte — *Le lac des singes*
565. Chuck Palahniuk — *Journal intime*
566. Leif Davidsen — *La photo de Lime*
567. James Sallis — *Bois mort*
568. Thomas H. Cook — *Les ombres du passé*
569. Mark Henshaw - John Clanchy — *L'ombre de la chute*
570. Olen Steinhauer — *La variante Istanbul*
571. Thierry Bourcy — *Les traîtres*
572. Joe R. Lansdale — *Du sang dans la sciure*
573. Joachim Sebastiano Valdez — *Puma qui sommeille*

574. Joolz Denby	*Stone Baby*
575. Jo Nesbø	*Le bonhomme de neige*
576. René Reouven	*Histoires secrètes de Sherlock Holmes*
577. Leif Davidsen	*Le dernier espion*
578. Guy-Philippe Goldstein	*Babel Minute Zéro*
579. Nick Stone	*Tonton Clarinette*
580. Thierry Jonquet	*Romans noirs*
581. Patrick Pécherot	*Tranchecaille*
582. Antoine Chainas	*Aime-moi, Casanova*
583. Gabriel Trujillo Muñoz	*Tijuana City Blues*
584. Caryl Férey	*Zulu*
585. James Sallis	*Cripple Creek*
586. Didier Daeninckx	*Éthique en toc*
587. John le Carré	*L'espion qui venait du froid*
588. Jeffrey Ford	*La fille dans le verre*
589. Marcus Malte	*Garden of love*
590. Georges Simenon	*Les caves du Majestic*
591. Georges Simenon	*Signé Picpus*
592. Carlene Thompson	*Mortel secret*
593. Thomas H. Cook	*Les feuilles mortes*
594. Didier Daeninckx	*Mémoire noire*
595. Graham Hurley	*Du sang et du miel*
596. Marek Krajewski	*Les fantômes de Breslau*
597. François Boulay	*Traces*
598. Gunnar Staalesen	*Fleurs amères*
599. James Sallis	*Le faucheux*
600. Nicolas Jaillet	*Sansalina*
601. Jean-Bernard Pouy	*Le rouge et le vert*
602. William Lashner	*Le baiser du tueur*
603. Joseph Bialot	*La nuit du souvenir*
604. Georges Simenon	*L'outlaw*
605. Kent Harrington	*Le serment*
606. Thierry Bourcy	*Le gendarme scalpé*
607. Gunnar Staalesen	*Les chiens enterrés ne mordent pas*
608. Jo Nesbø	*Chasseurs de têtes*
609. Dashiell Hammett	*Sang maudit*
610. Joe R. Lansdale	*Vierge de cuir*
611. Dominique Manotti	*Bien connu des services de police*
612. Åsa Larsson	*Horreur boréale*
613. Saskia Noort	*Petits meurtres entre voisins*

614. Pavel Kohout — *L'heure étoilée du meurtrier*
615. Boileau-Narcejac — *La vie en miettes*
616. Boileau-Narcejac — *Les veufs*
617. Gabriel Trujillo Muñoz — *Loverboy*
618. Åntoine Chainas — *Anaisthêsia*
619. Thomas H. Cook — *Les liens du sang*
620. Tom Piccirilli — *La rédemption du Marchand de sable*
621. Francis Zamponi — *Le Boucher de Guelma*
622. James Sallis — *Papillon de nuit*
623. Kem Nunn — *Le Sabot du Diable*
624. Graham Hurley — *Sur la mauvaise pente*
625. Georges Simenon — *Bergelon*
626. Georges Simenon — *Félicie est là*
627. Ken Bruen — *La main droite du diable*
628. William Muir — *Le Sixième Commandement*
629. Kirk Mitchell — *Dans la vallée de l'ombre de la mort*
630. Jean-François Vilar — *Djemila*
631. Dashiell Hammett — *Moisson rouge*
632. Will Christopher Baer — *Embrasse-moi, Judas*
633. Gene Kerrigan — *À la petite semaine*
634. Caryl Férey — *Saga maorie*
635. James Sallis — *Le frelon noir*
636. Gabriel Trujillo Muñoz — *Mexicali City Blues*
637. Heinrich Steinfest — *Requins d'eau douce*
638. Simon Lelic — *Rupture*
639. Jenny Siler — *Flashback*
640. Joachim Sebastiano Valdez — *Les larmes des innocentes*
641. Kjell Ola Dahl — *L'homme dans la vitrine*
642. Ingrid Astier — *Quai des enfers*
643. Kent Harrington — *Jungle rouge*
644. Dashiell Hammett — *Le faucon maltais*
645. Dashiell Hammett — *L'Introuvable*
646. DOA — *Le serpent aux mille coupures*
647. Larry Beinhart — *L'évangile du billet vert*
648. William Gay — *La mort au crépuscule*
649. Gabriel Trujillo Muñoz — *Mezquite Road*
650. Boileau-Narcejac — *L'âge bête*
651. Anthony Bourdain — *La surprise du chef*

Composition: Nord Compo
Impression Novoprint
le 23 février 2014
Dépôt légal : février 2014

ISBN 978-2-07-045599-7./Imprimé en Espagne.

257346